Simplemente el

Un libro de:
Sarah McCulay.

Arcana Intellego.

el desprecio absoluto
Simplemente el desprecio.
Título original: Utter Contempt

© 2024. Simplemente el desprecio.
Copyright © 2024 Enrique García Guasco.
Copyright © 2024 Arcana Intellego / Axioma Editorial S.A. Chile.
Hendaya 60, Las Condes, 1353, Región Metropolitana, Chile.
Todos los derechos reservados. Ninguna parte de esta publicación puede ser reproducida, distribuida o transmitida en ninguna forma ni por ningún medio, incluyendo fotocopiado, grabación u otros métodos electrónicos o mecánicos, sin el permiso previo por escrito del titular de los derechos de autor.

Para Nicole; aún más bella que todos los diamantes del mar...

"Dies Irae".

Dies iræ, dies illa,
Solvet sæclum in favilla:
Teste David cum Sibylla.
Quantus tremor est futurus,
Quando judex est venturus,
Cuncta stricte discussurus!
Tuba, mirum spargens sonum
Per sepulchra regionum,
Coget omnes ante thronum.
Mors stupebit, et natura,
Cum resurget creatura,
Iudicanti responsura.
Liber scriptus proferetur,
In quo totum continetur,
Unde mundus iudicetur...

El ambiente en la sala es pesado y oscuro, casi tangible. Las sombras se alargan en las esquinas, mientras una tenue luz ilumina apenas el sillón de cuero donde el loco está sentado. La postura del hombre es relajada, quizá demasiado para lo que se espera de una consulta psiquiátrica. Su mano sostiene un habano cubano, del cual exhala con parsimonia. La densa nube de humo se eleva y se dispersa en el ambiente, llenándolo de un aroma fuerte y persistente. El analista, incómodo, lo observa con disgusto, pero no dice nada. En lugar de ello, busca conducir la conversación, una vez más, hacia algo productivo.

El analista lo mira fijamente, el rostro serio. Entonces, con voz neutral, le formula una pregunta que aparenta ser simple, aunque esconde cierta trampa lógica:

Analista: —Dígame, ¿el desprecio es un delito?

El loco mantiene el cigarro en sus dedos, aparentemente ignorando cómo la ceniza cae sobre su traje de lana con un patrón de pata de gallo color café y crema, e incluso sobre su camisa blanca. Este gesto, lejos de parecer descuidado, tiene para él un aire de despreocupada elegancia. Se toma su tiempo, sin prisa, como si disfrutara de la tensión en el aire. Después de una pausa prolongada, su respuesta emerge, medida y profunda:

Loco: —No, el desprecio no es un delito. De hecho, diría que es un derecho, uno que deberíamos reivindicar. ¿Acaso no es justo despreciar a los pusilánimes, a los abyectos, a los necios? El desprecio, más que una falta, es una postura moral, una declaración ante aquello que no merece otra cosa.

El analista toma nota, su ceño se frunce con un gesto apenas perceptible. La respuesta del loco es tan intrigante como perturbadora, y abre la puerta a un terreno oscuro de la psique humana.

Después de una pausa que sirvió para que el loco, lanzara una especie de mirada despótica; el loco decidió continuar: El desprecio es un sentimiento complejo, una mezcla de desdén y desaprobación que bordea, pero no alcanza, el odio. Donde el odio busca destruir, el desprecio simplemente desvía la mirada, aparta la atención, coloca a quien lo recibe en un espacio irrelevante.

El loco miró fijamente a los ojos a su interlocutor y dijo: Desde un enfoque humanista, el desprecio se entiende como un mecanismo de defensa; es una forma de proteger los ideales y valores frente a aquello que los amenaza o los degrada.

El desprecio puede surgir cuando alguien percibe en otro rasgos o comportamientos que considera moralmente inferiores o destructivos: la cobardía, la mezquindad, la hipocresía o la falta de agradecimiento. Es una respuesta emocional que no implica una acción destructiva sino una retirada moral, un juicio silencioso que no busca venganza ni corrección, simplemente, lejanía. Al despreciar, uno afirma sus propios valores al desestimar los de aquellos que considera indignos siquiera de ser tomados en cuenta.

El analista supo que, para el loco; este diálogo, sobre el desprecio es una herramienta de discernimiento pero no lo impulsa hacia una corrección de sus parámetros. Desde su perspectiva, el desprecio es un derecho inherente, una expresión de libertad individual, una elección consciente de a quién se concede respeto y a quién se le niega, pero no tiene que ver con un establecimiento moral. En este sentido, el loco solo reivindica el desprecio no como un acto de maldad, sino como una postura digna ante la mediocridad o la vileza.

El analista garabateó algo en su cuadernillo. Sin ocultar su disgusto, observa al loco con detenimiento. Su tono se endurece; quiere conducir al hombre hacia una introspección más profunda, o quizá hacia una contradicción. Entonces, lanza una pregunta directa, cortante:

Analista: —¿Cree usted que está bien despreciar?

El loco sonríe apenas, y en su mirada se atisba un destello de desafío. Da una última calada a su habano y, tras una pausa medida, responde con una mezcla de ironía y firmeza:

Loco: —"Creer" no tiene mucho que ver con "pensar", ¿no le parece? Asumí que al venir aquí no me comprometía a un acto de fe, sino a un ejercicio de reflexión. Pero, si lo que usted busca es una especie de acto de contrición, entonces, sí, diré que "creo" que el desprecio está bien.

El analista toma nota, y el loco percibe el ligero movimiento de su pluma en el papel. Luego, con voz más pausada y profunda, continúa, como quien explica algo evidente:

Loco: —Aunque, en realidad, creo que lo que usted intenta entender es el nivel de ira que el desprecio puede contener. Permítame aclararlo: lo que usted desea conocer es el límite del desprecio. Si lo reflexiona, todos despreciamos a alguien o algo, y también despreciamos aspectos de nosotros mismos. No nos reprochamos por ello, ¿verdad? Lo hacemos casi como un acto involuntario.

El analista parece momentáneamente intrigado. Esta nueva perspectiva que el loco propone convierte el desprecio en algo inherente, casi natural, una respuesta humana difícil de rechazar o censurar. La habitación vuelve a sumirse en un silencio denso, mientras ambos se observan en un duelo sutil de pensamientos.

El analista, garabateó desordenadamente, en sus notas intentaba expresar que, para el loco el desprecio puede entenderse como una emoción que no busca destruir, sino definir la distancia.

Para el loco, el desprecio no es una emoción negativa ni impulsiva; es una postura consciente, una reafirmación personal. Él lo defiende como un derecho que la sociedad ejerce silenciosamente: despreciamos a otros y, en ocasiones, también nos despreciamos a nosotros mismos. Al verlo como algo "involuntario," el loco plantea que este sentimiento es, en esencia, una parte intrínseca de la experiencia humana, inevitable y quizás necesario para comprender quiénes somos y quiénes no queremos ser.

La tensión en la sala aumenta; el aire es denso, casi opresivo. El loco, notando la incomodidad del analista, decide tomar el control de la conversación. Con una actitud teatral, extiende su mano derecha hacia el rostro del analista, sin llegar a tocarlo, pero con una cercanía que subraya su gesto de superioridad. Su voz se vuelve firme, envolvente, mientras observa la reacción de su interlocutor.

Loco: —La ira, doctor, es el motor que define la conducta humana. Es por eso que el acto de ejercer violencia es tan significativo; no es solo la violencia misma, sino cuán activa es, y quién la despliega. —Hace una pausa, esbozando una ligera sonrisa—. Aunque, claro, para entender esto, tendría usted que ser jurista, y de los buenos.

El analista permanece en silencio, visiblemente molesto, pero atento. El loco continúa, su tono ahora más pausado, como quien se explaya en una lección cuidadosamente preparada.

Loco: —El desprecio, en cambio, puede ser algo tan simple como una expresión de distancia, una falta de interés. No siempre implica violencia, pero puede causar dolor en quien se convierte en su objeto, porque ser despreciable es ser, en cierto modo, abominable. El desprecio, doctor, mata de a poco; segrega, margina, no da el golpe final, pero usa cada herramienta para que el ser despreciado entienda y confirme su condición.

La expresión del analista cambia; el desagrado en su rostro es evidente, y con un arrebato poco profesional, responde, casi en un murmullo entre dientes:

Analista: —Créame, comprendo perfectamente los conceptos de violencia y de ira.

El loco suelta una carcajada breve, satisfecho. Su voz se suaviza, pero su tono es inconfundible, lleno de ironía y una extraña forma de compasión.

Loco: —Entonces ha entendido no solo la violencia, sino el desprecio en sí mismo. Porque el desprecio, querido doctor, es también una forma de violencia. Y parece que usted ya ha sentido su filo.

El desprecio, como el loco sugiere, es una forma de violencia sutil, una agresión que no golpea de inmediato, pero que margina y distancia al otro, provocando una erosión emocional que se intensifica con el tiempo y en la que, por lo general no hay vuelta atrás. Desde una perspectiva psicológica, el desprecio puede infligir una herida profunda en la autoestima de quien lo sufre, al ser tratado como indigno, irrelevante o abominable. No es una violencia física, pero es un rechazo silencioso que afecta la percepción de uno mismo y el sentido de pertenencia.

La reflexión del loco sobre la "ira" y la "violencia" muestra una interpretación provocativa, en la que ambas emociones son vistas como fuerzas inherentes a la condición humana. La violencia, según él, tiene matices y grados, y el desprecio sería su manifestación más pasiva, un acto que no requiere acción física pero que hiere y destruye a través de la indiferencia o el juicio silencioso.

Para el loco, el desprecio no se trata de un simple rechazo; es una herramienta para mantener distancia, una forma de demarcar límites ante aquello que se considera indigno. La intención no es tanto acabar con el otro de un solo golpe, sino permitirle que se hunda en su propia insignificancia y miseria. En este sentido, el desprecio puede considerarse un mecanismo de poder, una manera de influir sin actuar, de infringir daño sin levantar un dedo.

El analista decide cambiar su enfoque. Quizá, piensa, si apela al ego del loco, si reconoce su inteligencia, podría ganarse su confianza y hacer que baje la guardia. Así que, con voz suave, casi condescendiente, intenta adularlo:

Analista: —Es evidente que usted es un hombre inteligente...

Pero el loco lo interrumpe de inmediato, su rostro se crispa en un gesto de desagrado y su tono adquiere una dureza fría, casi cortante.

Loco: —No me adule, doctor. Soy un hombre viejo y lo suficientemente fuerte como para no tolerar esas tonterías. —Hace una pausa, con una sonrisa que parece contener una burla amarga—. Cuando era joven, tuve una esposa fea, y luego fue gorda —ríe brevemente, disfrutando del desconcierto del analista—. Mire, doctor, lo fea se lo podía perdonar; lo gorda, en cambio, me parecía abominable.

El analista contiene una reacción de sorpresa, pero el loco continúa, ahora con una seriedad calculada, como quien dictamina una sentencia.

Loco: —Así me encuentro ahora con usted: he comprendido que no es muy listo, pero no puedo permitir que me adule. Lo primero es negativo, sí, pero lo segundo, doctor, es imperdonable.

El silencio vuelve a invadir la sala. La crudeza de las palabras del loco ha dejado al analista sin respuesta inmediata, y el loco lo observa con una mezcla de lástima y satisfacción, deleitándose en su incomodidad. Es como si el diálogo hubiera dejado de ser una conversación y se hubiera convertido en una partida de ajedrez, en la que cada palabra, cada gesto, es un movimiento calculado.

El desprecio que el loco siente por la adulación revela un rechazo hacia cualquier forma de hipocresía. En su perspectiva, ser halagado de forma falsa o manipuladora es una afrenta mayor que la falta de inteligencia en sí misma. Para él, la adulación representa una violación de la autenticidad; considera que aceptar los defectos propios y ajenos es preferible a cubrirlos con mentiras o falsos elogios.

La mención a su esposa de juventud muestra cómo el loco percibe ciertas características humanas como más o menos tolerables según su propia escala de valores, basada en la sinceridad de los defectos. Al perdonar la fealdad pero aborrecer el sobrepeso de su esposa, el loco da a entender que algunos aspectos le parecen inevitables o intrínsecos, mientras que otros, como la adulación o la apariencia física, son elecciones personales que él no está dispuesto a tolerar.

En este juego de poder con el analista, el loco define las reglas: sólo puede haber respeto donde existe autenticidad. La adulación, por tanto, no sólo le resulta innecesaria, sino que la percibe como un intento de manipulación, algo imperdonable que, en su visión, se asemeja a un insulto disfrazado de halago. Para el loco, cualquier intento de elogio vacío o fingido es una falta de respeto hacia su fortaleza y su

SIMPLEMENTE EL DESPRECIO

inteligencia, aunque ésta sea tan oscura como la habitación en la que ambos se encuentran.

El analista, sorprendido y un tanto desconcertado, se limita a levantar las cejas, observando al loco en silencio. Frente a él, el loco termina su habano con calma, dejando que la última nube de humo se disipe en la habitación. Después de una pausa calculada, desliza la mano dentro del bolsillo interior de su saco y extrae una pequeña lata cónica, que abre con parsimonia. Dentro, hay un habano nuevo, que saca y muestra al analista con un gesto casi desafiante.

Loco: —¿No le molesta, verdad?

El analista suspira, consciente de que el loco vuelve a atraparlo en un juego perverso. Con una molestia apenas disimulada, responde:

Analista: —¿Le importa acaso si me molesta o no?

El loco sonríe con un leve destello de superioridad. Suspira mientras abre la ridícula lata, acomodando el habano entre sus dedos. Su voz es fría, desprovista de cualquier amabilidad.

Loco: —No, en realidad no me importa. Es un simple acto de cortesía... Y usted, doctor, debía responder: "No, en absoluto." Así, yo habría hecho lo que me diera la gana, y usted habría quedado satisfecho creyendo que tuvo alguna influencia. Al final, yo habría logrado mi voluntad, tal como acostumbro. Ahora, sin embargo, podría hacer mi voluntad, pero eso resultaría... incómodo.

Un silencio denso, aún más incómodo, se apodera de la sala. El loco observa al analista, como disfrutando el desconcierto que sus palabras han sembrado. Finalmente, sin darle mayor importancia a la situación, toma el cigarro, lo enciende con determinación y exhala el primer trazo de humo, mirándolo con frialdad.

Loco: —Muy bien, doctor. Voy a darle un poco de lo que usted realmente quiere.

La declaración queda suspendida en el aire, cargada de ambigüedad. ¿Qué es exactamente lo que quiere el analista? ¿Respuestas? ¿Provocación? ¿Un enfrentamiento definitivo? El loco parece saberlo, y su expresión refleja una mezcla de desafío y cierta piedad, como si estuviera a punto de desvelar algo oscuro y perturbador.

El diálogo entre el loco y el analista se torna en un juego de poder, donde la cortesía es solo una fachada para reafirmar la voluntad del loco. Para él, el "acto de cortesía" no es genuino; es simplemente un método para lograr que el analista juegue bajo sus términos. Al proponer una elección que en realidad no concede ninguna libertad al analista, el loco demuestra cómo la cortesía, cuando es manipulada, puede ser un medio de control. La elección que le otorga al analista es ilusoria: nunca tuvo la posibilidad de influir en el comportamiento del loco.

El loco revela así una verdad subyacente en las interacciones humanas: a menudo, los gestos de amabilidad o consideración son estrategias para reafirmar la propia voluntad, mientras el otro cree tener voz o influencia. En este caso, el loco enfatiza que tiene el control y que puede, en cualquier momento, hacer lo que le plazca, pero manipula la situación para evidenciar que el analista se encuentra a su merced. La respuesta final —darle "un poco de lo que usted realmente quiere"— sugiere que el loco percibe las intenciones más ocultas del analista y está dispuesto a exponerlas, manteniendo el control absoluto sobre la situación.

El loco mantiene su mirada fija en el analista, mientras exhala una última bocanada de humo. Con voz pausada, casi didáctica, empieza a exponer su teoría sobre la ira, como si estuviera revelando un principio fundamental de la naturaleza humana.

Loco: —La ira, doctor, nace allí donde comienza el territorio de todo aquello que no controlamos. Para poder dominar el mundo, primero hay que dominarse a uno mismo, tener un plan. ¿No es acaso ese el principio de todo? ¿No es eso lo que nos hace humanos?

Hace una pausa, dejando que sus palabras floten en el aire. Su mirada se endurece al continuar.

Loco: —La ira, cuando se desborda, gobierna a los pobres de espíritu. Llega un día en que ya no eres tú quien la controla, sino ella a ti. Te conviertes en su gobernado, su siervo, sin siquiera saber de dónde viene, cómo se infiltra en ti, pero haces su voluntad sin cuestionarlo. Las personas se matan, doctor, porque no saben controlarse.

El analista escucha, inmóvil, sus ojos oscuros clavados en el loco, mientras este retoma su habano y continúa, ahora con un tono más oscuro, lleno de intriga.

Loco: —Si quieres controlar a alguien, ejerce desprecio sobre él. No importa quién sea; el desprecio es un arma poderosa. ¿Quieres que alguien se aleje de ti? Desprécialo. ¿Quieres que se acerque? Desprécialo aún más. Porque el grado de desprecio determina la intensidad de la reacción, y en la complejidad de la condición humana, el resultado es siempre el mismo.

El loco se recuesta en su silla, satisfecho con sus palabras, mientras el analista permanece inmóvil, conteniendo una emoción que empieza a asomar en su rostro. De pronto, sin previo aviso, el analista suelta su cuaderno, dejándolo caer al suelo con un golpe seco. La exclamación le sale casi sin control, llena de furia.

Analista: —¡Patrañas!

El eco de su exclamación resuena en la sala. Durante un instante, ambos se quedan en silencio, los ojos del loco brillando con una mezcla de diversión y desafío. El analista, consciente de su propia explosión, cierra los ojos y toma un respiro profundo, intentando recuperar la compostura. Se obliga a retomar el control, enderezándose en su asiento y tratando de recuperar el curso de la conversación, aunque ambos saben que algo se ha roto en su fachada profesional.

La teoría del loco sobre la ira y el desprecio refleja una visión profundamente calculadora de la psicología humana. Desde su perspectiva, la ira es el precio de la falta de control, una fuerza que consume a quien no ha logrado dominar sus propios impulsos. Según él, la capacidad de gobernarse a uno mismo es el pilar de la existencia humana; quienes sucumben a la ira se vuelven esclavos de ella, gobernados sin siquiera ser conscientes de su sumisión.

El desprecio, en cambio, aparece en este discurso como un instrumento de poder, una forma de manipulación que no necesita gritos ni golpes. Al despreciar a alguien, el loco sugiere que se puede influir sobre su voluntad, ya sea para alejarlo o acercarlo. La intensidad del desprecio, afirma, despierta en el otro una reacción predecible y universal, sin importar la personalidad de quien lo recibe. Para el loco, este acto de desprecio es una herramienta de control que permite jugar con la voluntad ajena, una forma de demostrar superioridad sin esfuerzo físico, apelando a una manipulación psicológica que él considera infalible.

La reacción del analista, quien pierde momentáneamente el control al escuchar estas teorías, es una muestra de cómo el desprecio puede ser, en efecto, un catalizador de emociones. En su exclamación, expresa no solo desacuerdo, sino una indignación que rompe con su rol profesional. La explosión del analista sugiere que el discurso del loco ha penetrado en una barrera emocional, demostrando que, tal como él había predicho, el desprecio y el control pueden activar reacciones instintivas y complejas en la mente humana.

El loco se toma un momento para inhalar profundamente, como si saboreara el aire cargado de tensión en la sala. Lentamente, deja el habano en el borde de la mesilla redonda que está a su lado, sus movimientos deliberadamente calculados, son una pieza teatral. Con una expresión casi paternal, inclina su cuerpo hacia adelante, apoya los codos sobre las rodillas y fija la mirada en el analista, observándolo con una intensidad que roza el desafío.

Loco: —Puede que usted no coincida conmigo, doctor —dice con voz suave, controlada—. Pero el hecho de que no comparta mi perspectiva no significa que esté equivocado. —Se queda en silencio un instante, sus ojos perforando los del analista—. Al fin y al cabo, yo le doblo la edad y he acumulado mucha más experiencia en la vida...

El loco se detiene, como si lo que quisiera decir no fuera tan importante como lo que está a punto de preguntar. Con una sutileza calculada, lanza una interrogante que cae como una daga:

Loco: —Dígame, doctor... ¿Quién ha sido? ¿Su padre o su madre?

La pregunta toma al analista completamente desprevenido. Su expresión lo delata: sus cejas se alzan, sus labios se entreabren, y una sombra de sorpresa pasa por su rostro. No encuentra palabras inmediatas, y cuando intenta responder, apenas consigue emitir un tartamudeo. Es evidente que la pregunta ha tocado un nervio sensible. Intenta cambiar de tema, esquivando la conversación con una torpeza inusual.

El loco lo observa en silencio, notando la incomodidad del analista, pero decide no presionar más. En lugar de empujarlo hasta el límite, hace una pausa y, en tono comprensivo pero cargado de ironía, añade:

Loco: —No se preocupe, doctor. No soy yo el analista aquí, pero digamos que sé lo suficiente como para entender ciertas cosas. —La insinuación queda flotando en el aire, suficiente para provocar una reacción en el analista sin forzarlo más allá de sus propias defensas.

El silencio vuelve a llenar la sala, pero esta vez está teñido de algo distinto, de una sensación de vulnerabilidad que el analista intenta recuperar, mientras el loco lo observa con una mezcla de triunfo y compasión, como si le hubiera dado una lección sin necesidad de palabras.

El loco demuestra así que su experiencia le permite ver a través de las defensas y mecanismos de su interlocutor. Sabe que su pregunta incomodará al analista y, en lugar de insistir, se retira estratégicamente, dejándole con la impresión de que él también es un sujeto en análisis. Esto no sólo le permite mantener el control de la conversación, sino también proyectar una imagen de sabiduría y autoridad, reforzando su posición de poder en el diálogo.

Para el loco, la habilidad de observar y detectar las debilidades emocionales en los demás es un talento adquirido y refinado con los años. Su frase final, "sé lo suficiente como para entender ciertas cosas," sirve como una insinuación de su dominio en el arte de comprender y manipular la condición humana, y convierte al analista, momentáneamente, en el verdadero objeto de estudio de la conversación.

El analista, en un acto de desafío y con un tono directo, dispara la pregunta que había reservado hasta el final:

Analista: —¿Ha sido usted quien ha matado a Kurt Kendall?

El loco se queda inmóvil por un instante, luego una sonrisa de alivio aparece en su rostro, como si finalmente se sintiera liberado de una espera interminable.

Loco: —Ah, al fin... Pensé que jamás me lo iba a preguntar. —Su tono es casi paciente, como si estuviera dispuesto a dar una explicación, pero eludiendo cuidadosamente cualquier respuesta definitiva—. Sabe, usted ha sido el que más ha tardado en hacerme esta pregunta. Y lo curioso es que he disfrutado mucho su aproximación sobre el desprecio. Sin embargo, me parece curioso que haya saltado tan rápido del desprecio al asesinato. Desde mi perspectiva, ambos términos están lejos de ser compatibles, al menos en el sentido semántico.

Hace una pausa, mirándolo fijamente, y continúa en un tono que parece sugerir una confesión, aunque su ambigüedad es inquietante.

Loco: —Aunque... debo confesarle que ahora me siento moralmente obligado a responderle. Me parece que he tocado una fibra sensible en usted, y eso hace que el desprecio haya cumplido su propósito, ¿no es así? Pero en cuanto a matar... La sangre me da cierta repugnancia. Desde niño siempre odié ensuciarme, incluso con comida. No es que le tenga miedo a la sangre, no, pero culturalmente no tolero ni siquiera la idea de comer vísceras, aunque estén bien cocidas. Lo veo como un acto de inferioridad moral e intelectual.

SIMPLEMENTE EL DESPRECIO

El analista lo escucha atentamente, intentando descifrar si en sus palabras hay alguna pista oculta. El loco continúa, con una calma casi perturbadora.

Loco: —Cada vez que me hacen esta pregunta, la de si maté al señor Kendall, debo decir que no. Porque, al instante, mi mente evoca una imagen de mí mismo asestando una cuchillada en su abdomen, viendo cómo los intestinos, la vesícula, el hígado se desprenden y mis manos se llenan de sangre. Y siempre he sido... demasiado débil para hacer algo así por mí mismo.

Hace una pausa, como saboreando el desconcierto en el rostro del analista, y luego concluye en un tono reflexivo:

Loco: —Así que no, no lo maté. Pero si la pregunta fuera "¿lo ha orillado a matarse?", entonces quizá mi respuesta sería otra. Sin embargo, eso es algo que solo usted podría determinar en una entrevista con él... y, dado que está muerto, parece que tendremos que construir una teoría para satisfacer tanto su curiosidad como la del fiscal.

La sala queda en silencio, llena de una tensión casi palpable. La respuesta del loco es ambigua, sembrando dudas sin confirmarlas, deslizándose entre las palabras con una maestría que desconcierta al analista. Es como si estuviera jugando con él, dejando en el aire una sospecha sin conceder una verdad.

En esta respuesta, el loco despliega una técnica magistral de ambigüedad y manipulación. Por un lado, admite su aversión a la sangre y sus escrúpulos hacia la violencia física; por otro, deja entrever que el desprecio y la manipulación mental podrían llevar a una persona a la autodestrucción. Al insinuar que podría haber "orillado" a Kurt Kendall al suicidio, sugiere una responsabilidad indirecta, una forma de violencia que él considera más sutil y, en cierto modo, más aceptable moralmente.

La narración detallada sobre su aversión hacia la sangre, las vísceras y el acto de "ensuciarse" no sólo es un intento de proyectar repulsión hacia el acto físico de matar, sino también de controlar la percepción del analista. Presenta su repugnancia como una barrera que le impediría cometer un asesinato directo, mientras siembra la posibilidad de que su desprecio, lo haya hecho.

El loco toma una postura grandilocuente, como si estuviera dictando una lección universal, y pronuncia con énfasis calculado:

Loco: —El señor Kendall era un hombre débil... —La palabra "débil" parece tener un peso especial en su boca, como si saboreara cada sílaba antes de dejarla caer en el aire—. La debilidad, doctor, tiene que ver con la forma en que uno asume la vida, con la incapacidad de enfrentarse a ella con la fortaleza que demanda.

El analista observa al loco, su rostro lleno de escepticismo, y lanza una objeción directa, casi acusatoria:

Analista: —Pero usted lo aisló, lo apartó de todos.

El loco sonríe con una mezcla de sarcasmo y diversión, como si encontrara en la afirmación del analista una especie de ingenuidad.

Loco: —Pensé que hablábamos de una persona, no de un cable eléctrico.

Su comentario cae en la sala con un tono burlón, subrayando su desprecio por la interpretación simplista del analista. Para él, la idea de "aislar" a una persona sugiere una falta de autonomía, una dependencia que desprecia profundamente. En su perspectiva, la debilidad de Kendall era su propia responsabilidad, un reflejo de su incapacidad para sostenerse sin el apoyo de otros. Al reducir el concepto de "aislamiento" a una simple metáfora de un "cable eléctrico", el loco minimiza su propio rol en la situación, transformando una acusación seria en una burla.

El loco utiliza la palabra "débil" como un juicio absoluto sobre el carácter de Kendall, marcando una línea divisoria entre quienes son capaces de asumir la vida con fuerza y quienes, como él sugiere, necesitan apoyarse en otros. Esta definición rígida de debilidad le permite justificar su desprecio y hasta su posible manipulación de

Kendall, pues para el loco, ser débil es prácticamente un defecto moral, una falta de valía que Kendall tenía que cargar.

Cuando el analista señala que "aisló" a Kendall, el loco desvía la conversación con sarcasmo, interpretando la palabra literalmente y comparando a Kendall con un objeto inanimado. Al hacerlo, se distancia de cualquier responsabilidad en el deterioro emocional de Kendall, al tiempo que revela su propia perspectiva despectiva: para él, depender de otros es una señal de inferioridad, una debilidad que merece desprecio y, en última instancia, es causa de autodestrucción.

El loco mantiene su postura desafiante, su tono adquiere un matiz casi filosófico mientras justifica su papel en la historia de Kendall. Sus palabras, aunque parecen racionales, están impregnadas de una fría distancia emocional.

Loco: —Doctor, yo no podría haber aislado a una persona si realmente merecía ese título. Sería sencillamente imposible. Los seres humanos no tenemos tanta influencia en la realidad de otros como para determinar decisiones de tal magnitud, mucho menos una decisión como la que me está usted atribuyendo.

Hace una pausa, dejando que sus palabras floten en el aire, y luego agrega con una mirada fija y calculada:

Loco: —Le recuerdo que un tribunal en Londres determinó mi inocencia.

El analista, atento, percibe que el loco intenta apoyarse en el veredicto del tribunal como escudo contra cualquier acusación moral. En esta respuesta, el loco parece resaltar la idea de que cada individuo es responsable último de sus propias decisiones y que nadie, por muy manipulador que sea, tiene el poder de influir hasta el punto de llevar a otro a un destino irreversible. Es un argumento que reduce su responsabilidad y, al mismo tiempo, sugiere una indiferencia casi despectiva hacia quienes considera emocionalmente dependientes o vulnerables, como Kendall.

La respuesta del loco plantea una defensa basada en la idea de autonomía individual. Al sugerir que nadie puede influir tanto en otro como para llevarlo a una decisión extrema, el loco evita asumir cualquier responsabilidad moral o emocional. Para él, quienes se ven "influenciados" al grado de perder el control de sus actos carecen de la fortaleza necesaria para ser considerados plenamente humanos, en su definición de lo que implica "merecer ser" una persona.

La referencia al tribunal en Londres es otro elemento que el loco utiliza como una estrategia de manipulación: se apoya en un juicio legal como validación de su inocencia, aunque sabe que la moralidad y la legalidad no siempre coinciden. En su lógica, al haber sido absuelto por el sistema judicial, cualquier cuestionamiento posterior es innecesario y, en su opinión, injusto. Con esta declaración, el loco se posiciona a sí mismo por encima de cualquier escrutinio moral o emocional, subrayando una vez más su creencia en la fortaleza y el control como los verdaderos indicadores de humanidad y dignidad.

El analista, consciente de que el loco está manipulando la conversación, decide recuperar el control. Su voz es firme y directa:

Analista: —¿Podría describirme cómo conoció al señor Kendall?

El loco, sin prisa, deja escapar una última bocanada de su habano, se acomoda en el sillón y, tras una breve pausa, comienza a relatar, como quien se dispone a contar una anécdota irrelevante.

Loco: —Fue una tarde de otoño. Recuerdo que el sol tenía un tono dorado... aunque, en realidad, podría haber estado nublado. No lo recuerdo con certeza.

El analista, quien observa cada movimiento y gesto de su interlocutor, sabe que el loco finge. Intuye que, en realidad, recuerda cada detalle de aquel momento, pero que lo disfraza de vaguedad para mantener el control.

Loco: —Conocí al señor Kendall a través de Stephany McBride, la hija de una vieja amiga de Oxford. —Hace una pausa y esboza una ligera sonrisa, como si encontrara un placer irónico en sus propios

SIMPLEMENTE EL DESPRECIO   21

recuerdos—. Linda, la madre de Stephany, siempre me pareció una mujer estúpida, un poco loca... aunque no en el buen sentido, como yo —dice, señalándose a sí mismo con cierto aire de superioridad, como si su propia "locura" fuera algo sofisticado. Su sonrisa se ensancha—. Y la hija, es decir, Stephany, era aún más estúpida que su madre.

El loco parece deleitarse en los detalles, y, con una expresión de desdén, añade:

Loco: —Lo mejor es que tenía tatuadas en la parte posterior de los tobillos unas ridículas Flores de Lis, como sacadas de un estandarte de Bretaña. Sabe, doctor, yo siempre he prestado atención a los detalles más mínimos. Es, sin duda, una señal de masoquismo.

El analista levanta una ceja, intrigado y ligeramente confundido por la conexión, y pregunta en tono escéptico:

Analista: —¿Y por qué está tan seguro de que la señorita McBride es masoquista?

El loco lo mira con una expresión de superioridad absoluta, como quien está explicando lo obvio a alguien que carece de comprensión básica.

Loco: —Porque, doctor, nadie en su sano juicio se tatúa algo tan espantoso en un lugar tan sensible.

La respuesta del loco es a la vez intrigante y despectiva, una crítica velada que parece decir mucho más de él que de la propia Stephany. El analista, consciente de la aparente trivialidad de sus palabras, sabe que en ese desprecio hay una forma particular por quienes él considera inferiores o incapaces de entender la profundidad de sus propias acciones.

Para este punto, el loco muestra una faceta de sí mismo que utiliza tanto el desprecio como su obsesiva atención al detalle como herramientas de control y superioridad. Al recordar a Stephany y a su madre, el loco hace comentarios degradantes, señalando lo que él considera su "estupidez," y reduciendo su valor como personas a un par de características físicas o de gustos que encuentra ridículos. Su crítica al tatuaje de Stephany no es solo un comentario sobre el diseño, sino una observación que interpreta como una muestra de falta de juicio y, por lo tanto, de inferioridad.

Para el loco, los detalles insignificantes —como el tipo de tatuaje y su ubicación— son señales que revelan el carácter de una persona. Esta obsesión por lo trivial, que presenta como una habilidad especial, refuerza su sentimiento de superioridad al mostrar que él percibe y comprende lo que los demás no ven. Este acto de "prestar atención a los mínimos detalles" es otra manifestación de su desprecio por quienes no alcanzan sus estándares de inteligencia o gusto, estableciendo así una distancia insalvable entre él y los demás.

Su descripción del tatuaje como "masoquismo" es un juicio que proyecta sus propios valores y prejuicios, construyendo así una barrera emocional y social que le permite despreciar a quienes percibe como indignos, y al mismo tiempo, refuerza su propio sentido de control y dominio en el diálogo con el analista.

El loco se recuesta en el sillón, fumando su habano con un aire de satisfacción mientras continúa con su relato.

Loco: —Como le decía, aquella tarde la señorita McBride organizó un encuentro entre el señor Kendall y yo en un viejo bar. Era uno de esos lugares a los que solía ir de joven, cuando aún no tenía demasiadas convicciones. En el fondo, pensé que era una pésima idea, pero la amistad con su madre me hizo sentirme obligado a asistir. Planeaba tomarme un par de scotchs, levantarme de la mesa y dar por cumplido el compromiso.

Hace una pausa, observando al analista con una sonrisa casi despectiva, antes de continuar:

Loco: —Pero cuando conocí al señor Kendall, me pareció... tibio, un hombre sin carácter. Francamente, me recordó a una polla a rayas; una de esas personas que uno puede encontrar transitando por Piccadilly Circus, insignificante y débil, sin ningún talento.

El analista lo interrumpe, intrigado y algo molesto por la condescendencia en el tono del loco.

Analista: —¿Qué entiende usted por talento? ¿Qué debería tener una persona para ser merecedora de ese "talento"?

El loco suelta una leve carcajada, como si la pregunta le resultara ingenua. Se inclina hacia adelante, su mirada fría y calculada es dirigida al analista.

Loco: —Doctor, el talento es lo que hace que una persona merezca ser observada, escuchada, tomada en cuenta. Es lo que separa a los que viven vidas insignificantes de los que son capaces de afectar el mundo a su alrededor. Talento es tener la capacidad de moldear la realidad, de imponer la voluntad propia. Un hombre con talento no se deja arrastrar por la corriente; al contrario, la desafía, la altera.

Hace una pausa, disfrutando del impacto de sus palabras, y luego concluye en un tono casi teatral:

Loco: —El señor Kendall no tenía nada de eso. Era un hombre que, en el fondo, no representaba nada. No tenía carácter ni propósito, y mucho menos la habilidad de trascender más allá de su existencia mundana.

El analista escucha en silencio, percibiendo que el loco define el talento no como una habilidad específica, sino como una fuerza de voluntad, una capacidad de control y manipulación que, en su visión, justifica la existencia. Este concepto de talento se convierte así en un criterio de valía para el loco, una justificación de su desprecio hacia aquellos que no cumplen con sus estándares.

Para el loco, el "talento" no es una habilidad particular o un logro tangible, sino una expresión de poder y control, una capacidad de imponer la propia voluntad sobre los demás y el mundo. Esta definición refleja su visión de la existencia como una competencia en la que solo aquellos que destacan, que influyen y manipulan, merecen respeto o consideración.

Al calificar a Kendall como "tibio" y "sin talento," el loco establece una jerarquía moral y social en la que él se ubica por encima de quienes carecen de "talento." A través de este concepto, justifica su desprecio y, posiblemente, su trato hacia personas como Kendall, considerándolos indignos de su respeto e incluso de su empatía.

La visión del loco sobre el talento como un sinónimo de dominio y de desafío a la norma subraya su desprecio por la mediocridad y lo ordinario, y a su vez revela una psicología que busca constantemente diferenciarse y afirmarse como alguien excepcional.

El loco continúa su relato, como si se distanciara de la experiencia que describe, hablando con una calma casi despreocupada.

Loco: —El señor Kendall se dirigió a mí y me pidió consejo... como estratega. Quería que le ayudara a manejar una importante cantidad de dinero que estaría recibiendo del Estado.

El analista lo interrumpe de inmediato, su curiosidad despertada por ese detalle.

Analista: —¿Del Estado?

Loco: —Sí, eso dijo el señor Kendall —responde el loco, con una mueca apenas perceptible—. Al menos, eso fue lo que él afirmó.

Hace una pausa, apagando cuidadosamente el resto de su habano en el cenicero, y con movimientos casi ceremoniales, busca una pastilla de menta en el bolsillo interior de su saco. Desenvuelve la menta sin tocarla directamente con la piel y, de un mordisco, la lleva a su boca, emitiendo un crujido que resuena en la sala, captando la atención del analista. Entonces, sin previo aviso, el loco extiende su mano hacia el analista y, de manera casi forzada, le entrega otra pastilla.

Loco: —Lo malo de fumar, doctor, es que deja mal aliento.

El analista se queda inmóvil por un instante, sorprendido por el gesto impositivo del loco, pero toma la pastilla sin decir nada. El loco, complacido, se reclina de nuevo en el sillón y continúa con su historia, una sonrisa burlona asomando en sus labios.

SIMPLEMENTE EL DESPRECIO 25

Loco: —Finalmente, Kendall logró convencerme de que fuera su asesor en estrategia. La mar de contento que se puso cuando le dije que aceptaría... —Su carcajada corta el aire, mostrando una mezcla de ironía y satisfacción—. Pobre hombre, casi me hizo sentir lástima por él.

El loco observa al analista, esperando su reacción, mientras saborea la menta como quien saborea un recuerdo. En su risa y en sus gestos calculados, el loco proyecta una mezcla de superioridad y desprecio hacia Kendall, retratándolo como un hombre débil que, en su opinión, cometió el error de buscar guía en alguien a quien él consideraba infinitamente superior.

El loco despliega un conjunto de gestos y palabras que sugieren tanto desprecio como una sutil pero clara demostración de control sobre el analista. Al ofrecerle la pastilla de menta de manera impositiva, está imponiendo su voluntad en un pequeño pero significativo acto. El mensaje implícito es que, incluso en un gesto tan trivial, él decide y el analista simplemente sigue, reflejando cómo el loco disfruta proyectar su dominio incluso en los detalles más insignificantes.

El relato sobre su asesoría a Kendall añade otra capa a su desprecio. El loco describe el entusiasmo de Kendall con una carcajada burlona, como si el simple hecho de que alguien como él aceptara ayudar a Kendall fuera una concesión extraordinaria, algo que en su mente debió provocar una reacción desmesurada en el hombre. Para el loco, el interés de Kendall por su consejo confirma su dependencia y su debilidad, reforzando una vez más la percepción de superioridad que mantiene sobre aquellos a quienes juzga como inferiores.

En su descripción, el loco no sólo proyecta su desprecio hacia Kendall, sino que utiliza cada detalle —el gesto de la menta, la respuesta irónica, la risa despectiva— como herramientas para reafirmar su sentido de control, tanto en su relación con Kendall como en su interacción presente con el analista.

El analista, manteniendo su tono incisivo, lanza una pregunta directa:

Analista: —Entonces, usted... tendría que decirle cómo defraudar al Estado.

El loco lo interrumpe de inmediato, con una expresión de irritación apenas disimulada.

Loco: —¡No tengo por qué responder eso!

El analista, percibiendo que ha tocado un nervio, se disculpa con un tono calculadamente neutral y reformula la pregunta, intentando no provocar de nuevo una reacción negativa:

Analista: —Mis disculpas. Reformulo: ¿en qué exactamente asesoraría usted al señor Kendall?

El loco permanece en silencio unos instantes, observando al analista con una mezcla de desdén y cálculo, como si evaluara hasta qué punto quiere revelar su juego. Finalmente, responde con una voz pausada y precisa.

Loco: —Básicamente, doctor, lo haría confiar en sí mismo. Aunque eso es lo que haría alguien como usted. Yo, en cambio, me limitaría a hacer que se sintiera... real.

El analista frunce el ceño, intrigado, y parece a punto de pedir más aclaraciones. Pero el loco sigue hablando, anticipándose a la pregunta, su tono cargado de una ironía casi críptica.

Loco: —¿Entiende, doctor? Las personas débiles como Kendall necesitan algo más que confianza; necesitan una razón para creerse personas de verdad, algo que les confirme que existen. Así que, en lugar de "enseñarle" nada, lo ayudaría a crear la ilusión de que sus decisiones importan. No hay nada más poderoso para un hombre sin carácter que la sensación de ser tomado en serio.

El analista lo observa en silencio, percibiendo la frialdad con la que el loco manipula las inseguridades de otros. Para el loco, la "asesoría" no era realmente una guía práctica o moral, sino un acto de poder: le brindaba a Kendall una falsa ilusión de valor y propósito, sin realmente transformarlo en algo significativo.

El loco redefine la idea de "asesoría" de una manera profundamente manipuladora. En lugar de ofrecerle a Kendall una ayuda genuina para que mejorara su confianza o habilidades, su propósito era hacer que Kendall sintiera que su existencia tenía algún valor, aunque solo fuese una ilusión. Esta distinción revela una intención calculada: no lo veía como un ser humano en igualdad de condiciones, sino como una figura débil que podía moldear a su conveniencia.

Para el loco, las personas "débiles" como Kendall no son merecedoras de un cambio real, sino de una versión superficial de la confianza, una construcción de realidad que les dé una falsa sensación de importancia. Esto es, para él, el "talento" de un manipulador: crear el espejismo de valor en alguien que, según su juicio, carece de él.

En esta respuesta, el loco se muestra como alguien que, en lugar de mejorar las vidas de los demás, se ve a sí mismo como el único con el poder de definir qué es "real" para otros, reforzando su sentido de superioridad y control sobre quienes considera inferiores.

El analista, sin dejarse intimidar por la actitud desafiante del loco, continúa indagando, con el objetivo de arrancarle más detalles.

Analista: —Así que usted haría que el señor Kendall se sintiera "real." ¿Y cómo lo haría, exactamente?

El loco, sin perder un segundo, responde con un tono tajante y ligeramente burlón:

Loco: —Secreto profesional, doctor. Si revelara mis métodos a cualquiera que se sienta en un bonito sillón de piel, no estaría aquí frente a usted.

Hace una pausa, como saboreando el desconcierto que sus palabras han provocado, y con una sonrisa irónica, añade:

Loco: —De hecho, probablemente habría emigrado a Bengala con algún viejo amigo. Me hubiera convertido en cazador. Aunque, claro, no habría tenido el dinero para esos buenos habanos que tanto me gustan.

El loco se reclina en el sillón, observando al analista con una expresión de superioridad complacida. Su respuesta no solo elude la pregunta, sino que transforma la conversación en un juego de ingenio en el que deja claro que no se considera alguien que pueda ser desentrañado tan fácilmente. Para él, sus "métodos" son un arte secreto, algo que lo define y que solo él controla.

El analista lo observa en silencio, percibiendo que el loco no tiene la menor intención de ofrecer respuestas concretas. En cambio, ha utilizado la pregunta como una oportunidad para reafirmar su imagen de alguien excepcional, alguien que, en su propia visión, está por encima de cualquier escrutinio profesional o moral.

La evasión del loco frente a la pregunta del analista es un ejemplo claro de cómo utiliza el concepto de "secreto profesional" para construir un aura de misterio y poder. En lugar de revelar su "método" para manipular a personas como Kendall, el loco recurre a una fantasía sobre un estilo de vida alternativo —el cazador en Bengala— que subraya su autopercepción como alguien único, alguien para quien los métodos de control y manipulación son algo natural y reservado solo para él.

La referencia a los habanos refuerza esta imagen, sugiriendo que, en su escala de valores, el control sobre otros es tanto un lujo como una necesidad personal. Para el loco, esta evasiva no solo evita una respuesta directa, sino que redefine el curso de la conversación, dejando claro que su posición de poder sobre Kendall (y, en este momento, sobre el propio analista) es algo que él considera inalcanzable e incomprensible para los demás.

En el fondo, el loco no solo rechaza la pregunta, sino que la convierte en una declaración de superioridad: muestra que sus métodos son un arte secreto, reservado para quien puede comprenderlos y ejecutarlos, una habilidad que considera exclusiva de sí mismo y que lo coloca por encima de cualquier crítica o cuestionamiento moral.

SIMPLEMENTE EL DESPRECIO

El loco, recostándose con una expresión satisfecha, parece decidido a simplificar su teoría para el analista. Su tono es condescendiente, como si revelara un secreto evidente que los demás se empeñan en ignorar.

Loco: —Lo resumiré de la mejor manera posible, doctor. Si usted observa por qué un hombre es tomado en cuenta —en un parlamento o en la casa del Rey, donde sea— verá que todo se reduce a una fantochada. Una simulación, una fachada. Son los modos, doctor, lo que hace creer a las personas que un hombre ha nacido en cuna de oro o en Notting Hill.

Hace una pausa, dejando que sus palabras hagan efecto, y luego continúa en un tono pausado, casi didáctico:

Loco: —Estos modos son los que nos hacen creer que alguien merece nuestra atención. Pero en realidad, nadie tiene certezas, sólo impresiones; creen en lo que los modos de otro les hacen creer. Y la primera impresión casi siempre es lingüística: cómo alguien se expresa, cómo pronuncia.

El analista lo escucha, notando que el loco considera la autenticidad una ilusión que se construye para obtener lo que uno quiere. En su visión, el "valor" de una persona es un acto de teatro, y quienes triunfan son aquellos capaces de sostener esa fachada ante los ojos de los demás. Para el loco, la verdadera esencia de una persona no tiene importancia; lo esencial es dominar los "modos," porque son estos los que fabrican la percepción de valor y respeto.

La respuesta del loco revela una visión cínica y manipuladora de las relaciones sociales y del poder. Para él, la importancia de una persona no radica en su valor intrínseco, sino en su habilidad para construir una apariencia, una "fantochada" que inspire respeto y atención. Este concepto de "modos" implica una capacidad de simulación que permite influir en la percepción de los demás, fabricando una realidad en la que uno mismo aparece como alguien digno de consideración.

La referencia a la "lingüística y la pronunciación" como elementos clave refuerza su idea de que los detalles superficiales son esenciales en la construcción de esta fachada. El loco sugiere que los modos son lo único que define si alguien es considerado "valioso" o no, lo cual, en su visión, convierte la autenticidad en algo inútil o inexistente. Al resumir así su teoría, el loco proyecta su propia filosofía de vida: el control sobre las percepciones y la manipulación de las impresiones son las verdaderas herramientas de poder y dominación, una visión que justifica sus propias estrategias de manipulación y su desprecio por quienes carecen de esta habilidad.

El analista, buscando claridad, plantea una pregunta incisiva:

Analista: —¿Entonces usted afirma que podría modificar la realidad, alterando la percepción de las personas?

El loco lo observa fijamente, y con una ligera negación de cabeza responde, midiendo cada palabra:

Loco: —No, doctor, yo no puedo modificar la realidad. La realidad se construye a partir de una serie de percepciones y parámetros que las personas usan como estructuras fundamentales. Sin embargo, puedo modificar la percepción de personas en momentos específicos. Aunque, claro, los resultados siempre dependen de cómo cada individuo interpreta lo que percibe.

Hace una pausa, esbozando una sonrisa de complicidad, y añade en un tono casi burlón:

Loco: —Hay cuestiones que son sencillas, como determinar qué raza de perro es más grande, un schnauzer o un galgo. Sería inútil, incluso absurdo, intentar hacer creer a alguien que el galgo es de menor tamaño. Pero existen otros casos, doctor, en los que uno puede insistir en algo más ambiguo, como que el schnauzer tiene mejor olfato que el galgo. Algún incauto podría creerlo, o al menos alguien que escuche que el galgo no podría oler ni siquiera el filete más suculento.

El analista lo sigue escuchando en silencio, tratando de anticipar a dónde lleva esta comparación. El loco continúa, con un tono más frío y calculado:

Loco: —El señor Kendall era como un galgo desgarbado y lento. Mi tarea, después de aquel encuentro con él y con la señorita McBride —la mujer de los tatuajes en los tobillos—, era hacer que Kendall pareciera un galgo digno, alguien en quien las familias adineradas quisieran apostar. —El loco hace una pausa, y añade con una sonrisa casi irónica—. Y eso, doctor, no es ilegal en sentido estricto... si acaso era esa su duda.

El analista observa al loco, notando cómo su comparación convierte a Kendall en un objeto moldeable, un "galgo" que puede ser transformado en función de las necesidades y percepciones de quienes lo rodean. El loco, en su mente, no altera la realidad, sino que ajusta la apariencia de las personas para que encajen en una narrativa que otros aceptarán sin cuestionar, mientras él manipula la percepción en su beneficio.

La respuesta del loco subraya su habilidad para jugar con la percepción, sin necesidad de modificar la realidad en sí misma. En su visión, la realidad es inmutable, pero la percepción de esa realidad es altamente manipulable, especialmente en cuestiones ambiguas o sujetas a la interpretación de cada persona. Al explicar su comparación entre el schnauzer y el galgo, el loco plantea una metáfora sobre la manipulación: algunas cosas son evidentes y no se pueden cambiar, pero en otras, la percepción puede desviarse fácilmente.

El loco compara a Kendall con un "galgo desgarbado," destacando su aparente falta de valor y estatus. Su misión, según explica, era hacer que Kendall pareciera alguien respetable y digno de confianza en el ámbito social, un "galgo de apuestas" que otros pudieran admirar y apoyar. Para él, esto no es una mentira ni una alteración de la verdad; es, en su visión cínica, un ajuste de percepción que no rompe ninguna ley, aunque moralmente difuso. Esta respuesta revela que el loco no considera sus acciones manipuladoras como algo éticamente cuestionable, sino como un juego en el que la realidad permanece intacta mientras se juega con las expectativas de los demás, una forma de control que él considera su derecho y habilidad especial.

El loco, ahora sumido en sus recuerdos, explica su punto con una precisión casi obsesiva, cada palabra acompañada de gestos que enfatizan su atención a los detalles.

Loco: —Verá, doctor, cuando era niño, mi madre siempre se aseguraba de que los bajos de mis pantalones estuvieran en el punto exacto para que las agujetas de los zapatos asomaran apenas. Nunca, jamás, se debía ver el calcetín. La línea del pantalón debía estar perfectamente planchada, una sola línea nítida, sin fallas.

Mientras habla, señala su propia vestimenta, ejemplificando cada detalle con orgullo y minuciosidad.

Loco: —El largo del saco, por ejemplo, debe coincidir con la longitud de un puño cerrado. No debe mostrar esa espantosa "arruga madre" en la espalda, y las sisas deben encajar a la perfección; si son demasiado grandes, el saco parece pequeño y produce un efecto grotesco. Siempre he preferido camisas italianas de algodón y corbatas de seda.

Hace una pausa, como si considerara algo evidente y al mismo tiempo incomprensible para la mayoría, y continúa con un tono de leve superioridad.

Loco: —Claro, la mayoría de las personas no sabrían distinguir si una camisa es italiana o si una corbata es de seda. Para ellos, esos detalles son insignificantes. Pero personas como yo, que hemos aprendido a juzgar y a valorar estos elementos toda la vida, sabemos cuándo estamos ante algo auténtico. Sin embargo, lo que sí todos pueden notar es si la camisa está impecable y bien planchada.

El loco parece disfrutar de su propia precisión mientras dirige la conversación hacia un punto final:

SIMPLEMENTE EL DESPRECIO 33

Loco: —Y los zapatos, doctor, los zapatos deben estar siempre limpios, relucientes. Cuanto más lustrados, más elegantes. ¿Ha observado las expresiones de las personas cuando ven a alguien entrar con los zapatos sucios? No hay otra respuesta que la repugnancia.

El analista lo escucha, observando cómo el loco utiliza estos detalles aparentemente triviales para construir una percepción de superioridad y respeto. Para él, cada aspecto del vestuario no es solo una cuestión de estilo, sino un símbolo de disciplina y valor, un criterio para juzgar a los demás y reafirmar su propio sentido de control y superioridad.

La explicación del loco sobre la vestimenta revela una visión en la que los detalles exteriores son indicadores de carácter y posición. Su obsesión por el aspecto y la pulcritud refleja una filosofía en la que cada detalle cuenta para construir una imagen sólida y respetable. Para él, el estilo es una forma de manipular la percepción de quienes lo rodean, una herramienta para ganar el respeto o el desprecio de los demás.

La referencia a la "repugnancia" hacia quienes descuidan sus zapatos muestra cómo el loco utiliza estos criterios de apariencia como medidas absolutas de valía. En su mente, las personas no son juzgadas por lo que son, sino por cómo se presentan. Así, los estándares de vestimenta que su madre le inculcó se han convertido para él en un símbolo de poder y control: quien domina su apariencia domina también la percepción de quienes lo observan. Este código personal de estilo y disciplina refuerza su convicción de superioridad, permitiéndole despreciar a quienes no alcanzan estos estándares como inferiores o, incluso, indignos de respeto.

El analista, intentando comprender la lógica del loco, plantea una pregunta provocadora:

Analista: —Entonces, según usted, ¿con un par de zapatos bien lustrados el señor Kendall podría haber entrado en la Cámara de los Comunes y exigir cien millones de libras?

El loco se toma un momento para responder. Con una calma ritualista, saca de su bolsillo una pastilla de menta, la desenvuelve sin tocarla con los dedos y la lleva a la boca, mordiendo hasta que el crujido es audible. Luego, finalmente responde:

Loco: —En principio, sí. Aunque, claro, los zapatos bien lustrados son solo el comienzo. También necesitaría una camisa blanca y bien planchada, un reloj decente, y una pluma fuente impecable, nueva pero no completamente sin uso. Esos son los primeros pasos; luego viene el discurso adecuado y un corte de cabello decente. —El loco sonríe con ironía—. No podemos convertir a un simple mecánico en un Lord de Lexington venido a menos.

Hace una pausa, como si su comentario sobre el "mecánico" le recordara algo desagradable.

Loco: —El padre de mi ex esposa, que, como ya le dije, era fea y luego se volvió gorda, también era mecánico. Las personas lo notaban, ¿sabe? Nunca pudo cortarse las uñas como es debido ni mantenerlas limpias. Algo inexplicable, considerando que para cuando yo lo conocí, ya era un... chulo.

El analista lo observa, su expresión revelando una mezcla de incomprensión y desaprobación. Luego, interrumpe con un tono que roza el reproche:

Analista: —¿Quiere decir que despreciaba a su suegro por ser un mecánico?

El loco suspira, su expresión imperturbable, y responde con calma, como si estuviera explicando algo elemental.

Loco: —No lo consideraba despreciable por ser un mecánico, doctor. Me parecía despreciable por ser un chulo, y por andar con una anciana que lo mantenía y lo llevaba por el mundo... casi treinta años mayor que él.

Su respuesta queda en el aire, cargada de un desprecio que va más allá de la simple apariencia o la profesión. El analista lo observa, percibiendo que para el loco, la dignidad y el respeto no solo están ligados a la apariencia, sino también a una especie de "código" que valora la independencia, el dominio y, en su propia visión

SIMPLEMENTE EL DESPRECIO

distorsionada, una forma de "honor" que desprecia cualquier dependencia o aparente falta de control.

La respuesta del loco revela una moralidad rígida y compleja, en la que la dignidad se mide no solo por la apariencia externa, sino por una concepción de independencia y control. Para él, el desprecio hacia su suegro no proviene del hecho de que fuera un mecánico, sino de que viviera como "chulo," es decir, que dependiera de una mujer mayor para su sustento y posición. Esto lo considera una falta de autonomía y una desviación de su propio ideal de superioridad y autocontrol.

En su lógica, cualquier apariencia de dependencia o subordinación es un motivo de desprecio. La comparación entre Kendall y un "Lord de Lexington" evidencia esta visión: no se trata solo de aparentar elegancia, sino de cumplir con un código de conducta que, en su mente, define quién merece respeto y quién no. La "fachada" y los "modos" de los que habla son, para él, solo un aspecto de algo más profundo, una señal externa de una disciplina interna que desprecia cualquier debilidad o dependencia.

Este código moral que impone revela que, en la mente del loco, la vida es un escenario donde cada persona debe desempeñar un papel de independencia y control, donde cualquier señal de debilidad o dependencia se convierte en un defecto imperdonable.

El loco, de repente, se detiene en su relato y parece reevaluar sus palabras. Cambia el tono de su discurso, con una expresión de leve reflexión y burla.

Loco: —Quizá, en el fondo, no estaba tan mal que mi ex suegro fuera un chulo. De hecho, habría sido una buena vida si hubiera sabido ser el chulo de una mujer atractiva, de esas entre los 30 y los 50 años. El verdadero problema era la decrepitud de la mujer que lo mantenía... y la ineptitud de él, claro, que solo era un chulo de cuarta categoría.

El analista, superado por la crudeza y el desprecio en las palabras del loco, lanza una pregunta casi sin pensar, buscando entender un poco más de su visión:

Analista: —¿Y por qué terminó su relación con su "ex esposa gorda y fea"?

El loco lo interrumpe de inmediato, con una expresión de desagrado, como si hubiera detectado una ofensa en la formulación de la pregunta.

Loco: —Doctor, le he dicho claramente que era "fea y luego gorda." No invierta la semántica; hacerlo así implica que su fealdad se debía a su gordura, y no fue así. Cuando estuvo conmigo, siempre fue fea, y eso era tolerable. La elegí sabiendo que era fea: una caucásica con ojos pequeños, nariz delgada, un séptum prominente... lo único decente era su boca, pero con una barbilla tan corta que le faltaba gracia. —Hace una pausa, como rememorando un detalle amargo—. Pero luego, después de separarnos, se volvió gorda, y ahí fue el fin de todo.

El analista escucha con atención, mientras el loco se acomoda en el sillón, y, con un tono de orgullo en su voz, continúa:

Loco: —¿Por qué terminó nuestra relación? Supongo que me aburrí de ella. Entonces, modulé su realidad... hice creer a su madre que su "libertad" y "realización" como mujer independiente eran lo que realmente merecía. En el fondo, su madre hizo el trabajo sucio; yo solo me hice el sufrido. Moralmente, además, tenía la ventaja de presentarme como el abandonado.

El loco sonríe con una satisfacción gélida, como si esta confesión de manipulación fuera una simple anécdota más, una muestra de su habilidad para reescribir la narrativa en su propio beneficio. Para él, la ruptura no fue un acto de desamor, sino una obra de manipulación ejecutada con precisión, donde las emociones de los demás eran solo piezas en un juego de poder que él manejaba a su conveniencia.

En esta explicación, el loco muestra su habilidad para manipular la percepción de quienes lo rodean, proyectando una versión de los hechos en la que él siempre tiene la ventaja moral. Para él, la relación y su final no fueron actos de amor o desamor, sino una serie de maniobras calculadas en las que su ex esposa, su madre y él mismo eran actores en un guion que él había elaborado. Su capacidad de "modular la realidad" implica no solo un control de las acciones, sino una manipulación cuidadosa de la percepción de los demás, moldeando sus emociones e intenciones en beneficio propio.

La indignación del loco al corregir al analista sobre la semántica revela su obsesión por el control narrativo: no permite ni una mínima desviación en la forma en que presenta sus juicios, reflejando su sentido de superioridad y la importancia que concede a cada detalle de su historia. En su visión, el "abandono" de la relación se convierte en un logro personal, donde él consigue la ventaja moral y la independencia emocional, mientras su ex esposa y su familia quedan atrapados en una realidad que él mismo se encargó de construir.

El analista, aún desconcertado por las confesiones del loco, lanza una pregunta directa, buscando provocarlo.

Analista: —Entonces, ¿usted se reconoce como un manipulador de las personas?

El loco responde sin titubear, rechazando la etiqueta con un tono casi casual:

Loco: —No, nada de eso. Si usted desea algo de franqueza, doctor, le diría que en realidad soy un simple loco... un loco con suerte.

El analista, intrigado por la aparente contradicción, presiona un poco más:

Analista: —¿En serio? No me diga que una persona como usted cree en la suerte.

El loco esboza una sonrisa leve y responde con un tono de cierta reverencia, como si hablara de algo sagrado.

Loco: —La fortuna es una diosa, doctor. Como deidad, creo que vale la pena darle su lugar. —Hace una pausa, evaluando la reacción del analista, y continúa—. ¿Acaso usted no se considera afortunado? Todos los días enfrentamos causas naturales que podrían acabar con nosotros, desde que éramos niños... y aquí estamos, ¿no? Hemos sobrevivido.

El analista lo escucha, captando que el loco atribuye su éxito y su supervivencia no a sus acciones o habilidades, sino a una especie de destino favorable, una intervención que él interpreta como "fortuna." Para el loco, la suerte no es un simple azar, sino una entidad superior que él respeta y reconoce como responsable de las circunstancias favorables que lo rodean.

El loco rehúye la idea de ser un "manipulador" de las personas, prefiriendo verse a sí mismo como alguien cuya vida ha sido guiada por la "fortuna." Para él, la suerte no es una fuerza aleatoria, sino algo casi divino, una "diosa" que concede ciertos favores y a quien vale la pena respetar. Este concepto le permite justificar su éxito y sus acciones sin asumir la carga de la manipulación, como si su influencia sobre otros fuera simplemente una consecuencia de la buena fortuna y no de una intención calculadora.

El loco proyecta la imagen de alguien que ha sobrevivido y prosperado gracias a la intervención de esta "diosa fortuna." Este punto de vista le permite rechazar la idea de que manipula a los demás, pues en su mente, su posición y sus logros son el resultado de una fuerza externa. Así, se distancia de cualquier responsabilidad directa, trasladando el peso de sus éxitos y de sus actos a la influencia de un poder superior, un concepto que le permite moverse por el mundo con una confianza que para él está justificada por su propia "suerte."

El analista, decidido a obtener respuestas claras, insiste en su pregunta, buscando alguna aceptación de parte del loco:

Analista: —Le preguntaba sobre la manipulación... ¿usted considera que tiene cierta fortuna para manipular a las personas?

El loco se acomoda en su silla con calma. Extiende los brazos y arregla la camisa y las mangas de su saco, como si estuviera preparando una respuesta cuidadosamente calculada.

Loco: —No, doctor, no creo que mi fortuna sea mayor que la de cualquier otra persona. —Hace una pausa prolongada, midiendo sus palabras con precisión—. En realidad... creo que tengo una técnica. He desarrollado una metodología de acciones aprendidas y perfeccionadas tras la planificación y repetición de actividades, hasta lograr una especie de maestría. Ese es el proceso, ¿no le parece?

El analista percibe la precisión en las palabras del loco, consciente de que éste evita la palabra "manipulación" y prefiere describir su comportamiento como una habilidad pulida a través de la práctica. Entonces, el analista lanza otra pregunta:

Analista: —¿Usó esa "perfección y maestría" con... el señor Kendall?

El loco responde de inmediato, sin la menor vacilación, como si la respuesta fuera obvia:

Loco: —Sí. La uso en todo lo que hago, o al menos en la gran mayoría de las cosas. La observación es siempre el primer paso.

El loco lo mira, sus ojos fijos y calculadores, y continúa en un tono pausado, casi didáctico:

Loco: —Observar a las personas permite conocer sus debilidades, sus pequeños hábitos, sus deseos ocultos. Es en esos detalles donde se construye una estructura de control. La repetición y la perfección son el arte de influir sin que el otro se dé cuenta.

El analista observa en silencio, percibiendo que el loco ha transformado el concepto de manipulación en algo que él considera casi un arte. Para el loco, no se trata de suerte, sino de una habilidad rigurosamente cultivada, una técnica depurada que le permite guiar las decisiones y percepciones de los demás con una precisión calculada.

El loco evita la palabra "manipulación," en su lugar utilizando conceptos como "técnica" y "metodología" para describir sus acciones. Esta elección de palabras sugiere una visión de sus actos como algo objetivo y profesional, una habilidad que ha perfeccionado a través de la práctica. Al atribuir sus capacidades a una "maestría" adquirida y no a la "fortuna," el loco redefine la manipulación como un arte sutil y disciplinado, más una ciencia que una intención maliciosa.

La afirmación de que "la observación es el primer paso" revela que el loco considera el análisis de las personas una herramienta esencial para ejercer su control. Para él, el éxito de esta "metodología" radica en detectar las vulnerabilidades y patrones ajenos, utilizando estos conocimientos para influir de manera imperceptible. En su visión, la manipulación no es un acto fortuito ni aleatorio; es un proceso de precisión en el que la perfección y la repetición son los medios para lograr un dominio casi absoluto sobre la percepción y la voluntad de los demás.

El analista, decidido a obtener una respuesta concreta, lanza otra pregunta:

Analista: —Entonces, ¿usted logró "obtener los cien millones de libras del parlamento" usando su técnica depurada, como ya lo había hecho en ocasiones similares?

El loco niega con calma y responde con voz firme, tomándose el tiempo para aclarar su papel.

Loco: —No, en realidad, yo no obtuve los cien millones de libras. Ese mérito corresponde exclusivamente al señor Kendall. —Hace una pausa, casi como si recordara cada paso de un proceso minuciosamente orquestado—. El señor Kendall siguió mis instrucciones de manera escrupulosa durante nueve semanas. Aunque el periodo exacto de meses carece de importancia, le aseguro que fue muy disciplinado.

El loco se recuesta en su asiento y prosigue su relato, detallando las "mejoras" que ayudaron a transformar la imagen de Kendall.

Loco: —Durante esas semanas, el señor Kendall hizo una inversión de 1,837 libras y algunos peniques. No incluyó esta suma en la libreta de contabilidad que llevaba a todas partes, así que desconozco la fuente de ese dinero. Sin embargo, sé que lo utilizó para comprar un traje de lana gris y otro traje de tres piezas, negro, de grano de pólvora. También adquirió una pluma de segunda mano de una marca francesa y un reloj suizo, también de segunda mano, aunque debo reconocer que estaba en excelente estado. Y, por supuesto, dos camisas blancas de algodón. No eran italianas ni hechas a mano, pero admito que tenían la calidad suficiente para pasar por las de un noble venido a menos.

El loco hace una pausa, como disfrutando de los detalles, y continúa:

Loco: —Por mi parte, le obsequié una hermosa corbata de seda italiana en color café, un regalo antiguo de una mujer que conocí en Sussex, y una sombrilla de calidad excepcional. También le proporcioné una caja de puros cubanos de calidad superior, y 25 tarjetas de presentación impresas en papel fino.

El analista lo observa, notando cómo el loco describe cada artículo con una precisión obsesiva, como si cada detalle formara parte de una estrategia bien pensada para proyectar la imagen de éxito que Kendall necesitaba. Finalmente, el loco añade:

Loco: —En cuanto a los zapatos, alguien —sospecho, sin mucha duda, que fue la señorita McBride— le obsequió un par de zapatos negros, de manufactura local. Al parecer, eran de segunda mano y probablemente pertenecieron a otro hombre. A juzgar por el desgaste de ciertos detalles, calculo que esos zapatos habrían estado guardados entre trece y quince años.

El loco sonríe levemente, satisfecho con su explicación, mientras el analista percibe que el proceso de "transformación" de Kendall fue un acto de manipulación meticulosamente planeado. Para el loco, cada accesorio, cada prenda y cada gesto en la imagen de Kendall fueron piezas de un juego calculado para moldear su percepción ante los demás y darle una credibilidad que, de otro modo, no habría tenido.

La descripción del loco sobre los detalles de la vestimenta y los accesorios de Kendall revela una estrategia cuidadosa y premeditada de manipulación. Para el loco, la apariencia externa de Kendall debía alinearse con los estándares de respeto y éxito que esperaba obtener de los demás. Su relato muestra que, en su perspectiva, los objetos de lujo y los detalles estéticos son símbolos que crean la percepción de valor y poder.

Cada artículo —el traje de lana, el reloj suizo, la pluma francesa, e incluso las tarjetas de presentación— se convierte en un símbolo calculado para comunicar una narrativa de éxito y confianza. El obsequio de la corbata de seda y la sombrilla son, en este sentido, aportes personales que el loco considera esenciales para completar la transformación de Kendall, brindándole una imagen que proyectara autoridad y elegancia.

La manipulación de la percepción en este contexto es algo que el loco no percibe como engaño, sino como una técnica en la que el valor y la credibilidad de una persona pueden fabricarse mediante detalles cuidadosamente elegidos. Esta perspectiva revela su creencia en que la realidad social es, en gran parte, una construcción que puede moldearse para crear una versión ideal de quien la habita.

El analista, intentando precisar el propósito detrás de la transformación de Kendall, formula una pregunta:

Analista: —Entonces, ¿usted vistió al señor Kendall como un dandy?

El loco lo interrumpe con una leve expresión de desdén, ajustándose las mangas del saco y negando con calma:

Loco: —Lamentablemente, se equivoca, doctor. Me limité a ser congruente con la historia que el señor Kendall, la señorita McBride y yo habíamos acordado en aquel viejo bar del que le hablé antes. —Hace una pausa, recordando—. Cuando conocí al señor Kendall, noté que no poseía el porte necesario para aparentar ser uno de esos empresarios retornados de La India, América o Tanzania. Esos caballeros, doctor, adoptan un acento diferente al nuestro, un acento que los distingue y que los salva de ser confundidos con... personas como usted y como yo. Para ellos, sería ofensivo sonar como un imbécil de Notting Hill.

El loco sonríe, complacido con su respuesta, y sigue describiendo su visión sobre la apariencia y el porte:

Loco: —El acento de un mecánico, en cambio, se parece más al de alguien de Lexington. Su porte es el de alguien que ha sufrido las peores vejaciones de la vida humana, las de trabajar con fierros, grasa, herramientas de hierro y acero. El alquitrán se impregna en su piel y ni la mejor lejía logra eliminarlo. Además, esos hombres suelen prescindir de lociones, desodorantes, bufandas, y abrigos.

Hace una pausa y luego retoma con un tono casi admirativo:

Loco: —Pero la historia de un noble venido a menos era perfecta. Un hombre que, aunque ahora sea contador o administrador de banca, ha probado lo que es trabajar para sobrevivir. Ese peso lo vuelve menos garboso, más real. Así se construye una historia convincente.

El analista percibe el desprecio del loco por quienes considera "amaestrados" para el trabajo y decide llevar la conversación hacia esa filosofía.

Analista: —Entonces, ¿usted afirma que un hombre pierde su libertad cuando se ve obligado a trabajar?

El loco sonríe, satisfecho de que el analista finalmente se acerque a su perspectiva, y responde con convicción:

Loco: —No solo lo afirmo, doctor. Lo sostengo con evidencia. ¿Cuándo ha visto usted a un animal en su estado natural trabajar? Solo los animales amaestrados de circo hacen trucos para ganarse el alimento. Eso demuestra que los mecánicos, como el señor Kendall, no son más que monos amaestrados, trabajando sin reconocimiento.

El loco se detiene un momento, observando al analista como si le estuviera impartiendo una lección de vida, y prosigue:

Loco: —Los hombres libres, como usted y yo, en cambio, tenemos el privilegio de realizar actividades que parecerían inútiles a un mecánico. Por ejemplo, desayunamos en la Sociedad de Geografía mientras nos burlamos socarronamente de los terraplanistas. Luego jugamos al golf. Y, entre nosotros, doctor... no es que yo sea un gran jugador, pero llevo estas hermosas mancuernas de oro con un golfista grabado —se sube las mangas para mostrarlas—. Y cuando la suerte me sonríe y me invitan a jugar, siempre cuento la anécdota de cuando le gané al Rey en una partida casi perfecta.

El analista observa con atención, mientras el loco sonríe, disfrutando de su propia historia.

Loco: —Por supuesto, nadie pregunta a qué Rey, y en toda Europa hay varios, ¿no? Así que todos terminan satisfechos, impresionados, por haber jugado al golf con alguien que venció a un Rey. Y si no tengo un buen día en el campo, levanto los hombros y simplemente digo que no hubo suerte. Pero el mito permanece, y la mayoría se va contento de haber jugado al golf con un hombre que venció al Rey.

El loco se recuesta en su silla, complacido con su relato. Para él, la verdad es secundaria; la historia que proyecta es la verdadera realidad. La libertad, en su visión, es el privilegio de construir narrativas convincentes, de moldear la percepción de quienes lo rodean.

El loco describe su visión de la libertad como una existencia libre de las imposiciones del trabajo "servil," donde el verdadero privilegio reside en participar en actividades sin una utilidad obvia, solo para disfrutar de la percepción que proyectan en los demás. La construcción de la imagen de Kendall no es solo una estrategia para acceder a círculos sociales y financieros; para el loco, es una obra de arte social, un proceso de manipulación en el que cada detalle (el acento, el vestuario, las historias) está calculado para presentar una narrativa atractiva y convincente.

La anécdota del "Rey" ejemplifica esta idea. No importa si el loco realmente venció a un rey en el golf; lo importante es la imagen que proyecta y el respeto que esta ficción le otorga. Para el loco, la habilidad de hacer que los demás crean en su historia es, en sí misma, una forma de poder y libertad.

En esta visión, la realidad no es lo que ocurre, sino lo que se cuenta y se percibe. El loco no ve su falta de logros concretos como un obstáculo; en cambio, interpreta su vida como una serie de narrativas que los demás aceptan como verdad, reafirmando su control sobre la percepción y el sentido de libertad que, para él, define a los "hombres superiores" frente a aquellos que viven bajo la servidumbre del trabajo.

El loco, continuando su relato, describe el proceso de "educación" al que sometió al señor Kendall, como si fuera una tarea minuciosa y necesaria para convertirlo en algo más que un simple mecánico.

Loco: —El señor Kendall debía aprender a dejar de ser un mono amaestrado. Necesitaba saber lo básico para jugar al golf, o al menos simularlo. Debía aparentar conocer de caballos, aunque fuese lo mínimo. Y, sobre todo, debía aparentar inteligencia, aunque en realidad no fuera más que un don nadie que solo sabía de fierros y poleas de presión. Eso es algo que a los hombres libres, como nosotros, ni nos interesa; para eso existen los mecánicos.

El loco hace una pausa, adoptando un tono casi didáctico mientras continúa:

Loco: —Mire, doctor, los miembros de la monarquía, incluso si caen en desgracia, conservan buenos hábitos. Saben comportarse a la mesa, pueden hablar de filosofía, música, pintura, escultura y, naturalmente, de mujeres. Un hombre, doctor, siempre debe saber sobre mujeres.

El loco sonríe, complacido, y sigue con un tono que revela una mezcla de cinismo y convicción:

Loco: —Por suerte, aunque fuera mecánico, el señor Kendall sabía lo básico sobre mujeres. Sabía que a ellas se les regalan diamantes para conquistarlas y churumbelas cada vez que tienen un hijo. —El loco se inclina hacia el analista, como si compartiera un secreto—. Se las debe amar poco, doctor, y hacerlas hablar lo más posible. Así siempre tendrás el control.

El analista lo observa, percibiendo en sus palabras una visión oscura y utilitaria de las relaciones. El loco, sin embargo, parece disfrutar del efecto que causan sus palabras y continúa:

Loco: —Pero había un problema, doctor. El señor Kendall no tenía una mujer a su lado. Y todo el mundo sabe que un hombre sin mujer no es más que un mono amaestrado o un mecánico. Incluso entre esos dos... "campos semánticos," como diría usted, es mal visto no tener mujer. La gente siempre especula sobre la sexualidad de un hombre que carece de compañera.

El analista, percibiendo una oportunidad, lo interrumpe con curiosidad:

Analista: —¿Está diciendo que el señor Kendall tenía otra preferencia?

El loco, casi indignado, responde de inmediato:

Loco: —No, por Dios, doctor. El señor Kendall tenía un claro interés en la señorita Stephany McBride. Pero ella, siendo tan estúpida como era, creía que el interés de Kendall estaba únicamente en el dinero que planeaba obtener del parlamento.

El loco observa al analista, satisfecho con su respuesta, como si considerara haber aclarado cualquier duda. Para él, la transformación de Kendall en un hombre "libre" requería no solo una apariencia adecuada y ciertos conocimientos sociales, sino también el poder proyectar una vida completa, incluida la percepción de tener una mujer a su lado, algo que según él completaría la imagen de alguien digno de confianza e influencia.

El loco describe el proceso de "educar" a Kendall no como una mera enseñanza, sino como un moldeado en el que cada detalle —desde las habilidades básicas en golf hasta las interacciones con mujeres— se convierte en una herramienta para crear una percepción de valor y estatus. La insistencia en que "un hombre siempre debe saber de mujeres" y que la compañía femenina es esencial para evitar sospechas, revela una concepción de la masculinidad rígida y basada en normas sociales que el loco considera inalterables.

La idea de "amar poco" y "hacerlas hablar lo máximo posible" revela una visión de control en la que las relaciones, para el loco, no se basan en afecto o respeto mutuo, sino en una dinámica de poder y subordinación. Esta lógica de dominio es también lo que define su insistencia en que Kendall necesitaba una mujer para completar su imagen, proyectando una narrativa que lo sacaría del despreciado rol de "mono amaestrado" o "mecánico" y lo transformaría en alguien "libre", a la altura de quienes, como él cree, pueden moverse en los círculos de poder e influencia.

El loco, sumido en su relato, detalla cómo se encargó de crear un aura de misterio y prestigio alrededor del señor Kendall, utilizando cada conexión y recurso a su disposición.

Loco: —En realidad, el señor Kendall no creía que pudiera obtener el dinero del parlamento. El único que tenía esa certeza era yo. Kendall, por su parte, seguía el juego de la señorita McBride porque tenía interés en ella, y ese proyecto los mantenía unidos en una sociedad bastante precaria. —Hace una pausa, disfrutando del efecto de sus palabras, y continúa—. Cuando empecé a aconsejarlo, el señor Kendall comenzó a vestirse de forma adecuada y, gracias a mi influencia, empezó a frecuentar lugares como el club de ajedrez y la Sociedad de Geografía.

El analista se interesa en el detalle:

Analista: —¿Entonces Kendall jugaba al ajedrez?

El loco lo mira casi con lástima y niega con la cabeza:

Loco: —No, en absoluto. Solo los hombres libres juegan a la baraja y al ajedrez; eso es algo lógico. ¿Cómo iba a jugar al ajedrez si nunca tuvo interés en nada más allá de fierros y grasa? Sin embargo, debo decir que el señor Kendall tenía un excelente gusto para el scotch y una resistencia increíble para beberlo, algo que, en nuestro caso, representaba una ventaja técnica.

El loco hace una pausa, acomodándose en su asiento, y continúa relatando:

Loco: —Tenía además una vieja amistad con Sir William Stingler, como seguramente sabrá, el campeón de ajedrez de toda la isla. Antes de que Kendall empezara a frecuentar el salón donde solía jugar Stingler, aproveché para comer con él y comentarle que estaría ausente por algunas semanas. Le expliqué que no quería hacer el papelón frente a un campeón extranjero.

El loco sonríe, complacido con el recuerdo, y continúa:

Loco: —Cuando un hombre es muy bueno en algo, doctor, se muere de curiosidad al oír que hay alguien más igual de bueno o mejor en su especialidad, ya sea con las mujeres, en los deportes o en las finanzas. Los ajedrecistas, por supuesto, no son la excepción. En una ocasión, yo mismo estuve a punto de ganarle a Stingler: un sutil movimiento de la dama y habría sido jaque mate. Sin embargo, comprendí que, si ganaba, me obligaría a seguir jugando y eventualmente se daría cuenta de que mi victoria no era más que suerte de principiante.

Analista: —¿Y qué hizo?

Loco: —Fingí, doctor, sutilmente. Le hice una señal a Stingler con los ojos, revelando mi siguiente movimiento. Él lo comprendió; hubo un leve pestañeo mientras se secaba el sudor de la frente. Al final, ganó la partida, y todo quedó en orden, manteniendo la estabilidad que tanto aprecian los hombres de costumbres. Pero, en privado, en un desayuno al día siguiente, le recordé, con humildad, que yo podría haberle ganado, y que fue su astucia la que le salvó de la derrota. Al principio se resistió a admitirlo, pero luego me agradeció escuetamente. Así, doctor, aseguré una victoria duradera, sin la necesidad de una efímera gloria de unos minutos.

El loco sonríe y continúa, describiendo cómo utilizó esta anécdota para tejer una historia intrigante en torno a Kendall:

Loco: —Le dije a Stingler que había conocido a un tal Kendall, quien me había barrido el tablero en menos de un minuto, y que nadie en Francia lo había vencido. Eso despertó su curiosidad, claro, porque un hombre como Stingler no puede resistirse a la competencia. Le comenté que Kendall casi nunca jugaba con otros, y eso solo aumentó su interés. Pero lo mejor fue cuando le conté una historia sobre Kendall y un francés de apellido Heyraud. Según le dije, en una partida en Lyon,

Kendall había llevado a Heyraud al límite, y cuando finalmente ganó, Heyraud se levantó, dio tres pasos y cayó fulminado por un infarto.

El analista lo observa, atónito, mientras el loco sonríe, satisfecho con la reacción.

Loco: —Es curioso, doctor, pero los hombres que disfrutan humillar a otros suelen tener una inclinación natural por el chisme. Stingler no fue la excepción; la historia lo fascinó. Sostuve la mirada mientras le aseguraba que había leído todo en un periódico sensacionalista de Lyon. La leyenda estaba servida, y yo solo tuve que sembrarla en la mente de un hombre que estaba deseoso de creerla.

El loco se recuesta, cruzando las piernas y disfrutando de su cigarro, complacido con la historia que ha tejido y la expresión de incredulidad del analista.

El relato del loco revela una habilidad maestra para manipular la percepción y construir narrativas que proyectan poder y misterio. En su visión, la reputación no se construye solo con habilidades reales, sino con mitos cuidadosamente elaborados que otros aceptan y difunden. La historia de la partida de ajedrez mortal en Lyon es un ejemplo claro: el loco transforma a Kendall en un personaje mítico, alguien digno de respeto y temor, para ganar influencia en círculos que, de otro modo, lo rechazarían por su origen humilde.

La manipulación de Stingler mediante el "secreto" de su partida perdida y la historia de Kendall refleja una estrategia en la que el loco utiliza los deseos y egos ajenos como herramientas. Stingler, ansioso por mantener su reputación y fascinado por la idea de un rival igual o mejor, cae en la trampa. El loco no solo manipula los hechos; manipula las emociones, el orgullo y la curiosidad, construyendo así una realidad alternativa que le permite transformar a Kendall en un "hombre libre" de apariencia respetable.

Esta habilidad para tejer historias y proyectar poder a través de la ilusión es, para el loco, la verdadera clave de la libertad y el control. No se trata de que Kendall sea o no un gran ajedrecista; lo importante es que, a los ojos de los demás, Kendall parezca alguien extraordinario. Esta distinción entre lo real y lo percibido es el núcleo de la filosofía del loco, quien ve en la manipulación de la percepción la herramienta definitiva para moldear y dominar su entorno.

El analista, desanimado por la crudeza del relato, observa al loco con cierta decepción:

Analista: —Entonces, le mintió a "su amigo" Stingler...

El loco suelta una leve risa, y responde con calma:

Loco: —Nunca dije que fuera "mi amigo." Si hubiera sido mi amigo, doctor, lo habría vencido en el ajedrez. A los amigos, uno les concede ese tipo de satisfacciones y, a veces, lecciones.

Analista: —¿Por qué? —pregunta el analista, intrigado.

Loco: —Porque a un amigo no podría haberlo chantajeado como a Stingler. A Sir William, en cambio, lo obligué a invitarme a almorzar una y otra vez, hasta mil veces, incluida esta en la que hablamos sobre el señor Kendall. Stingler temía que realmente pudiera vencerlo en su único talento, así que cada vez que amagaba con sentarme a jugar con él, me invitaba a almorzar, y yo, por supuesto, aceptaba. Generalmente comía cangrejo y jugo de naranja; era un precio justo. Pero ese día decidí conformarme con un huevo cocido, una rebanada de pan de molde y un café.

Analista: —¿Y eso tiene alguna relevancia? —pregunta el analista, cada vez más desanimado.

El loco, adoptando un tono de absoluta seriedad, asiente.

Loco: —Claro que la tiene. De haber pedido cangrejo y jugo de naranja, que costaban casi 30 libras más, Stingler habría sabido que solo estaba fanfarroneando. Pero al ceñirme a un desayuno tan simple, le dejé claro que mi preocupación no era la comida, sino el contenido de nuestro mensaje. Le daba profundidad y credibilidad a la historia sobre Kendall como un gran jugador de ajedrez.

El analista escucha en silencio, mientras el loco continúa explicando su estrategia con satisfacción.

SIMPLEMENTE EL DESPRECIO   51

Loco: —Mi "ausencia" en el club no obedecía a una negativa a enfrentar a Kendall, sino a la necesidad de que él usara mi membresía. Era una inversión justa. Y al final de nuestro desayuno, Stingler admitió que matar a alguien jugando ajedrez era un buen motivo para dejar de jugar, aunque no necesariamente para alejarte de ver cómo otros lo hacen. Es como aquellos aficionados al fútbol, doctor, que han terminado con una rodilla destrozada pero siguen torturándose con la nostalgia de ver a otros jugar.

El loco se recuesta, complacido, mientras el analista se da cuenta de que cada decisión del loco, hasta el detalle de un desayuno sencillo, era una pieza en un juego de manipulación meticuloso. Para el loco, cada aspecto, cada elección —incluso tan trivial como el desayuno— era una herramienta para sostener su narrativa y crear una percepción de misterio y respeto en torno a Kendall.

El relato del loco sobre su estrategia con Sir William Stingler revela su habilidad para construir una narrativa a partir de detalles aparentemente insignificantes. En lugar de apoyarse en hechos objetivos, el loco utiliza elementos triviales —como el tipo de desayuno— para comunicar sutilezas que agregan profundidad y autenticidad a su historia. Para él, estos detalles son lo que da credibilidad a la manipulación y permite que su versión de los hechos resuene con verosimilitud.

La elección de un desayuno sencillo en lugar de un costoso plato de cangrejo refuerza su intención: al proyectar una imagen de austeridad, el loco hace que su historia sobre Kendall parezca más auténtica. En su mente, la economía de sus elecciones le da a Stingler la impresión de que sus palabras tienen un peso serio, creando así la ilusión de que Kendall era un personaje sombrío y formidable.

Esta estrategia de manipulación detallada, donde incluso el menú de un desayuno tiene un propósito específico, demuestra la maestría del loco en controlar las percepciones ajenas. Para él, la manipulación no se reduce a mentir, sino a tejer cuidadosamente cada elemento del contexto para crear una ilusión total que los demás acepten como verdad.

El loco, tras una pausa y un trago de su ánfora, retoma su relato con la intensidad de quien desvela una pieza clave en una compleja partida.

Loco: —Como le decía, el primer día que el señor Kendall se presentó en el salón de ajedrez, yo estaba nervioso. Fui muy claro en las instrucciones: debía pedir un scotch con dos hielos, no más y no menos. Beberlo en un tiempo preciso, entre tres y ocho minutos; ni rápido ni lento. Luego, tenía que pasearse por las mesas, entrecerrando los ojos como si analizara cada movimiento en el tablero, como si comparara las piezas con las bandas de un motor complejo.

El analista escucha, atento a cada detalle, mientras el loco continúa:

Loco: —Mi plan era que Stingler lo abordara y lo llamara por su apellido, como si fueran viejos conocidos, y lo invitara a almorzar. Kendall debía pedir cangrejo y jugo de naranja, nada de "gracias" o "señor"; solo tratarlo como un igual. Eso llamaría la atención de Sir Arthur Standish, un hombre alto, delgado como una pértiga y con muy buen ojo. Standish le presumiría a Kendall su cargo como secretario de un miembro de la Cámara de los Comunes, y Kendall debía responder que, con cien millones de libras, podría recuperar el honor de su familia y de toda Gran Bretaña.

Analista: —Obviamente, no fue tan sencillo como parece.

Loco: —No, doctor, no fue nada fácil —admite el loco, mientras saca una pequeña ánfora de acero forrada en piel oscura y le da un trago—. A veces, cuando hablo mucho, la garganta se me seca.

Analista: —¿Le gustaría un poco de café?

Loco: —No, doctor, preferiría que me envenenaran antes de tomar café —responde con una sonrisa amarga—. El café me pone nervioso y el té me altera la presión. Prefiero esto. —Bebe de su ánfora y luego limpia su boca con un pañuelo azul y dorado que hace juego con su corbata.

Después de otro trago, el loco retoma su explicación:

Loco: —Kendall hizo seis visitas al salón de ajedrez antes de que Standish finalmente mordiera el anzuelo. Y aunque él siguió mis instrucciones, nada garantizaba que el efecto fuera inmediato. A veces dudo de que Kendall hiciera cada gesto a la perfección, pero finalmente, Standish cayó. Y ahí empezó un nuevo y complejo escenario.

El analista le ofrece un chocolate, que el loco acepta sin dudar.

Loco: —¿Sabe por qué funcionó todo esto, doctor?

Analista: —No, no lo imagino —admite el analista, genuinamente intrigado.

Loco: —Por el desprecio. Kendall, como mecánico, tenía un desprecio innato hacia esas personas "educadas" que pierden el tiempo con juegos de tablero y con pequeñas piezas de marfil y ónix. Lo interesante fue que, al seguir mis consejos al pie de la letra, esos mismos hombres llegaron a interpretar su desprecio como el de un noble venido a menos, alguien de una región rural, alguien... digamos, de un abolengo perdido en el tiempo.

El analista escucha con creciente curiosidad mientras el loco continúa, satisfecho con su narración:

Loco: —Al final, Kendall obtuvo algo que parecía imposible: una invitación a la ópera.

Analista: —¿Y allí conoció a Lavander Sthaldt?

Loco: —No. La señorita Sthaldt es... una conocida mujer de negocios de las calles de Londres, en una zona donde, o boxeas o eres una "mujer de negocios." Dudo que usted frecuente esa parte de la ciudad, y no lo culpo, hace años que yo tampoco voy por ahí. Pero conozco personas que sí. Lavander fue la única que se me ocurrió para ayudar a Kendall en los días de ira.

Analista: —¿Días de ira? —pregunta el analista, confundido, mientras levanta su taza de té—. ¿A qué se refiere?

El loco sonríe, y con un tono pausado, casi reverencial, responde:

Loco: —Es el nombre de un poema en latín, "Dies Irae"... no es latín clásico, ¿sabe? ¿Ha notado su métrica? Es trocaico. —El loco cierra los ojos y recita suavemente—. *Dies irae, dies illa...*

El analista observa al loco, comprendiendo que para él, "días de ira" no solo era una referencia literaria, sino un símbolo de la tensión y la oscuridad que rodeaban sus planes. El loco habla de estos "días de ira" como si fueran una parte integral de su propio juego de poder, una preparación para momentos de caos y enfrentamiento que requerían no solo estrategia, sino una calma fría y calculadora.

En esta parte de la entrevista, el loco recurre a la referencia del "Dies Irae" para simbolizar el trasfondo oscuro y calculado de su plan con Kendall. Para él, el "Día de la Ira" es una metáfora de aquellos momentos en que el control y el caos se enfrentan, cuando las personas son empujadas al límite de sus emociones o voluntades. Al aludir al "Dies Irae," el loco no solo añade un tono de gravedad a su relato, sino que enmarca sus actos como parte de una estructura casi poética, donde la manipulación y el desprecio son elementos esenciales de una gran obra.

El detalle con el scotch, el desayuno, y las visitas al salón de ajedrez reflejan su convicción de que cada gesto es crucial para construir una historia convincente. Para el loco, Kendall debía proyectar una imagen de alguien que despreciaba a aquellos que consideraba inferiores, y este desprecio fue lo que finalmente hizo que sus contemporáneos lo confundieran con un noble caído en desgracia. Esta narrativa revela el ingenio del loco en utilizar la percepción y las emociones —en este caso, el desprecio y la fascinación por el misterio— como herramientas para esculpir la realidad de quienes lo rodean, llevándolos a aceptar como verdad lo que, en realidad, es una cuidadosa farsa.

SIMPLEMENTE EL DESPRECIO 55

El loco, disfrutando de otro chocolate que el analista le ofrece, prosigue su relato, detallando los preparativos necesarios para que el señor Kendall asistiera a la ópera como alguien de clase y nobleza.

Loco: —Debe quedar claro, doctor, que recibir una invitación a la ópera es uno de los eventos más serios que pueden ocurrir en la vida de alguien, y hay ciertas reglas que no se pueden ignorar. La primera es el smoking: uno debe llevar pajarita y fajilla. Cualquier hombre decente sabe hacer un nudo de corbata de moño, pero un mecánico, claro... —El loco hace una pausa, rodando los ojos con desprecio—. La siguiente regla es que, si eres un hombre de más de 14 años, debes asistir acompañado de una mujer que no sea tu madre.

El analista asiente, captando que el loco enfrentaba un desafío logístico y social considerable para transformar a Kendall en alguien aceptable en esos círculos.

Loco: —El smoking lo solucionamos fácilmente con 31 libras y dos chelines, que cubrieron la renta y el depósito. Y, como puede imaginar, nadie que aspire a parecer un miembro de la realeza llega en cualquier vehículo. Tenía que ser un Rolls-Royce. Por suerte, entre mis contactos, encontré a un viejo conocido, Andreson Zvensky, que me debía siete libras y un favor. Le pedí un Rolls blanco, y así fue como el señor Kendall y Lavander llegaron a la ópera.

El loco saca de su portafolio un pequeño cuadernillo amarillento y usado, como para enfatizar su punto, y lo hojea rápidamente.

Loco: —Esta agenda siempre me acompaña, doctor. En ella llevo cada contacto, cada favor pendiente. Zvensky, por ejemplo, resultó ser la clave para que Kendall llegara con el estilo adecuado.

Analista: —¿Y la señorita Lavander? ¿Qué opinaba de la ópera?

Loco: —Ah, doctor, no crea que fue fácil. Lavander es una mujer que... bueno, no se interesa en absoluto en obras de ese tipo. Pero le pedí que hiciera lo mejor posible para desempeñar su papel, y ella aceptó. Al final, todo es cuestión de mantener las apariencias y hacer que los demás vean exactamente lo que queremos que vean.

El loco se recuesta en su asiento, visiblemente complacido con la precisión de su preparación. Para él, cada detalle —desde el nudo de la pajarita hasta el modelo del coche— era esencial para construir la farsa que rodeaba a Kendall, proyectando la imagen de un hombre de honor y posición. La presencia de Lavander completaba el cuadro, sugiriendo que Kendall era, no solo respetable, sino alguien a quien acompañaba una mujer de gran atractivo, alguien que lo validaba en esos círculos exclusivos.

El relato del loco refleja su obsesión por los detalles y su creencia en la importancia de proyectar una imagen perfecta para influir en la percepción de los demás. Para él, cada elemento externo —el tuxedo, la pajarita, el Rolls-Royce— son símbolos que comunican un estatus social y una narrativa que la sociedad acepta sin cuestionar. La elección de Lavander como acompañante completa el cuadro, y su presencia en la ópera valida aún más la figura de Kendall como alguien digno de admiración.

Esta manipulación, en la mente del loco, no es simplemente una mentira, sino una construcción artística. Al incluir a Lavander y asegurar que todos los detalles fueran meticulosamente planificados, el loco refuerza la idea de que la realidad es solo una cuestión de percepción. Para él, las apariencias son lo único que realmente importa, ya que determinan cómo otros juzgan a una persona y, en última instancia, qué oportunidades y reconocimiento le otorgan. Esta filosofía, en la que el fondo es irrelevante si la forma es perfecta, subraya su creencia de que la vida es, en el fondo, un juego de apariencias que él puede controlar y moldear a su conveniencia.

El analista, intrigado por la influencia que el loco ejercía sobre personas como Lavander, plantea una pregunta:

Analista: —¿Cómo logró convencer a Lavander de asistir a la ópera? No parece una mujer fácil de tratar.

El loco, casi divertido, responde con una calma calculada:
Loco: —En realidad, doctor, difiero de su percepción. Lavander es una chica muy sencilla. Como todas, le gusta exhibirse, y partiendo de ese ángulo, puedes manejarla a tu antojo.
Analista: —¿Así era su esposa? ¿La fea y luego gorda?
Loco: —No, en absoluto. Mi esposa era vergonzosa y detestaba exponerse al escrutinio de los demás. Lavander, en cambio, adora exhibirse. Su cabello dorado como el trigo, sus ojos verdes, su figura en un vestido entallado... aunque inapropiado para la ocasión, es algo que disfruta.

El analista observa al loco, quien parece deleitarse en la imagen que ha construido de Lavander. Intrigado, pregunta:
Analista: —¿Y no le resultó incómodo ese vestido a usted?

El loco sonríe con una expresión que roza la satisfacción maliciosa:
Loco: —En absoluto, doctor. Yo quería que la desearan, que la miraran con intensidad, casi con ansias. La mejor manera de lograrlo era "enseñando un poco." —Hace una pausa, observando el efecto de sus palabras—. Al provocar el deseo en otros, ella se convertía en un símbolo de poder y atracción que le daba al señor Kendall una imagen de prestigio y... apetecible respeto.

Para el loco, la imagen de Lavander no era solo una cuestión de apariencia; era una herramienta de manipulación en su plan. Sabía que su presencia provocativa captaría la atención de todos y generaría una especie de validación social alrededor de Kendall, convirtiéndolo en alguien aparentemente admirado y codiciado.

La respuesta del loco revela su comprensión de la psicología social y su habilidad para manipular el deseo como una herramienta de control. Para él, la exhibición de Lavander era una estrategia calculada que convertiría a Kendall en el centro de atención. Lavander, con su imagen seductora, no solo atraería miradas, sino que también daría a Kendall una apariencia de éxito y estatus, sugiriendo que él era alguien que podía atraer a una mujer deseada por todos.

La respuesta del loco muestra que, para él, las personas no son individuos complejos con deseos y límites propios; son piezas en un tablero de ajedrez que pueden ser dispuestas para causar una impresión específica. La manipulación del deseo en este contexto no es simplemente un capricho, sino una técnica que explota el poder de la imagen, usando la apariencia de Lavander como un medio para influir y generar respeto hacia Kendall. Esta estrategia subraya la visión del loco de que la percepción externa y el deseo que genera pueden moldear la realidad de una persona, otorgándole una especie de autoridad y valor social que, en realidad, no posee.

El loco, con una expresión de satisfacción y orgullo, reflexiona sobre los resultados de la velada en la ópera:

Loco: —La asistencia a la ópera fue un éxito absoluto, doctor. Pero, como suele ocurrir, también fue el origen de problemas posteriores. Por primera vez, el señor Kendall experimentó lo que significa ser humano en su máxima expresión. Mientras tanto, Lavander, finalmente, había captado la atención de aquellos a quienes deseaba impresionar.

El analista, curioso por las reacciones de las otras personas involucradas, pregunta:

Analista: —¿Y la señorita McBride? ¿No se molestó con usted como orquestador de esta... "mentira"?

El loco sonríe, satisfecho, y responde sin la menor duda:

Loco: —Para nada. La señorita McBride comenzó a convencerse de que el objetivo de obtener cien millones de libras del parlamento era posible, numéricamente viable. Mientras tanto, el señor Kendall comenzó a dimensionar lo que significaba ser "un miembro de la nobleza británica venido a menos."

Analista: —¿Y cómo puede estar tan seguro de eso?

El loco sonríe plenamente por primera vez, dejando entrever una pizca de orgullo genuino, y responde:

Loco: —Porque yo sé lo que es llevar a un ser humano hasta el cielo, y también sé lo que es arrojarlo a los infiernos. Me he dedicado toda una vida a esa actividad, doctor. Kendall fue finalmente reconocido, su opinión se volvió relevante. Aquella semana recibió cuatro llamadas telefónicas y once telegramas. La gente le pedía consejo sobre apreciación de arte, apuestas en caballos y otros temas que, francamente, no recuerdo ahora. No es que fueran insignificantes; simplemente, yo no atendía el teléfono, como es natural.

Analista: —¿Entonces lo hacía el señor Kendall? —interrumpe el analista.

Loco: —No, en absoluto. Dígame, doctor, ¿conoce usted a algún hombre verdaderamente importante que atienda el teléfono por sí mismo? Esa tarea se la dejamos a la señorita McBride, quien, por cierto, tiene una voz muy atractiva cuando habla por el teléfono.

El analista sonríe levemente, pero luego hace una pregunta con un toque de ironía:

Analista: —¿Y su ex esposa, la que era fea desde el principio y luego gorda... también tenía una voz atractiva al teléfono?

El loco finge una leve molestia y responde con desdén:

Loco: —No... ni remotamente. Nunca tuvo la capacidad para responder una llamada en mi nombre. Aunque McBride fuera terca y algo estúpida, al menos era útil. —Hace una pausa, evaluando al analista, y luego continúa con una sonrisa conspiradora—. Lavander, por otro lado, me preguntó en privado si habría otra salida a la ópera con mi "clientecito." Le aseguré que Kendall iría al club hípico, y eso la emocionó, además, le dije que entraría a ese lugar con un ramo de trescientas rosas rojas y de esta forma todas las damas de alta sociedad de Londres, sabrían que era la mujer más deseada de toda la ciudad.

El analista, adoptando un tono irónico, pregunta sobre el cumplimiento de la promesa:

Analista: —¿Y Lavander alguna vez fue al club hípico?

El loco lo mira, como ofendido por la sugerencia de que no cumpliría su palabra, y responde con absoluta convicción:

Loco: —Por supuesto que fue, doctor. Yo había empeñado mi palabra, y Lavander iría, sin duda. Además, llegó con un ramo de 288 rosas rojas, que fue todo lo que pude encontrar en Londres en pleno invierno. No fue barato, y hubo que recurrir a algunos favores.

Hace una pausa, evocando la escena en su mente, y continúa:

Loco: —Ese día llegaron en el ya habitual Rolls blanco, el cual, media ciudad asumía que pertenecía al señor Kendall. Lavander lucía impecable, en un vestido blanco con mangas de encaje y guantes a juego, maquillada con discreción. Se veía, doctor, como una novia entrando a Westminster.

Analista: —¿Y qué ocurrió en esencia? —interrumpe el analista, mostrando una ligera desesperación.

El loco, sin inmutarse, responde con calma:

Loco: —Lo que debía ocurrir. No hubo dama de la alta sociedad londinense que no mirara a Lavander con una mezcla de envidia y desprecio, y no hubo caballero presente que no la deseara, ni que no mirara al señor Kendall con admiración y, sí, con algo que parecía respeto.

El loco sonríe, visiblemente complacido, y añade:

Loco: —Yo también estuve presente, aunque tuve que conformarme con un saco espantoso, ya que el que suelo usar en eventos así lo llevaba Kendall. Llevaba también un sombrero francés, que después de un buen lavado y tintorería nadie podría adivinar que compré en un mercado de los suburbios, a través de mi vendedora favorita, Tara Garnell, que ahora es barista.

Hace una pausa, con una chispa de emoción en los ojos, como si reviviera el momento exacto en que su plan cobró vida.

Loco: —Aquel día supe que mi plan estaba por consumarse. Todo se desarrollaba tal como lo había planeado... aunque debo admitir, doctor, que nunca pensé que el señor Kendall tuviera la osadía de ser tan irreverente.

El analista, captando la intriga en las palabras del loco, levanta una ceja, esperando que este continúe. Para el loco, cada detalle de la entrada triunfal de Lavander en el club hípico fue parte de una orquestación cuidadosa, una construcción de la imagen que Kendall necesitaba para consolidar su estatus. Pero la inesperada irreverencia de Kendall sugiere que el plan podría haber dado pie a consecuencias fuera del control del propio loco, introduciendo una nueva capa de tensión en el desarrollo de los acontecimientos.

El relato del loco sobre la llegada de Lavander al club hípico refleja su obsesión con el poder de la imagen y la manipulación de la percepción social. Para él, cada detalle, desde el vestido y el ramo de rosas hasta la elección del automóvil, fue calculado para suscitar envidia, deseo y respeto. En su mente, los gestos superficiales, cuidadosamente elegidos, permiten moldear la realidad social de Kendall y Lavander, proyectándolos como figuras de estatus y clase.

Sin embargo, la mención de la "irreverencia" de Kendall sugiere que el plan podría haber tenido efectos inesperados. Para el loco, el control absoluto es fundamental, y la capacidad de Kendall de actuar por cuenta propia introduce un elemento de riesgo. Esta posible "rebeldía" de Kendall podría interpretarse como una señal de que la manipulación del loco ha tenido éxito en convertirlo en alguien que ya no se siente limitado por su rol original, lo que añade una dimensión imprevisible al desenlace del plan maestro.

El loco, absorto en su relato, toma un sorbo de té con leche mientras contempla una galleta en el plato de porcelana frente a él. Hace una pausa y muerde la galleta, disfrutando del detalle del momento, y luego continúa con su historia:

Loco: —Ese día, el señor Kendall y Lavander se sentaron a tomar el té con Lord Munrouth y la señorita Cover. —Hace una pausa, y aclara—. Lord Munrouth, doctor, era un amigo cercano de la familia

Curzon. Sí, los Curzon, los que fueron Virreyes de la India y, bueno, envueltos en ciertos escándalos.

El loco sonríe, disfrutando del recuerdo de su preparación para ese encuentro.

Loco: —Después de un matrimonio fallido del joven Curzon con una esposa... digamos, de un linaje poco convencional, un híbrido entre kurda y amazónica, el escándalo estaba a punto de explotar en la alta sociedad. Por supuesto, Lord Munrouth, siendo un líder moral en una de las Cámaras y administrador de fortunas de la realeza auténtica, sabía que el silencio costaba mucho dinero.

El analista escucha, fascinado por el despliegue de conexiones y la complejidad del entorno que el loco describe, mientras este continúa:

Loco: —Entonces, doctor, ¿de qué podrían conversar un mecánico y una "señorita de la noche" con un Lord que era el administrador de las finanzas de algunos de los británicos más ilustres? Yo ya había resuelto eso. Primero, hablarían de máquinas. Ese tema, Kendall lo dominaba. Le explicaría a Lord Munrouth que el desarrollo de una nación dependía de su especialización en tecnología. Podría criticar abiertamente que pocos hombres decentes en el país prestaban interés a las poleas o a la tensión entre ellas. Incluso podría instruirlo sobre cuándo usar carbón y cuándo energía eléctrica, todo en función de la industria.

El loco sonríe, recordando la precisión de su plan.

Loco: —Después, pasarían a hablar de la guerra y sus horrores. Kendall había estado al frente, no sé si con los Boers o en algún otro conflicto; sinceramente, nunca me interesó demasiado en qué guerra participó. Pero Munrouth también había liderado tropas en África en su juventud. La guerra, doctor, es capaz de unir a los hombres de una forma que la paz jamás podría. —Hace una pausa y concluye—. Así que, después de escuchar a este "patriota," Lord Munrouth quedaría fascinado. Kendall se convertiría en alguien que, sin duda, el ministerio de industria y los clubes de hombres de negocios deberían escuchar.

SIMPLEMENTE EL DESPRECIO   63

El loco toma otro sorbo de té y continúa:
Loco: —Practicamos el discurso durante tres noches enteras. Yo le aseguré al señor Kendall que estaría cerca y que, si tiraba su taza de té, yo aparecería a su rescate. Lavander, por su parte, debía mantener una expresión de leve disgusto todo el tiempo, sonreír cortésmente cuando fuera necesario y parpadear con cierta... voluptuosidad si le hacían alguna pregunta. Cualquier respuesta suya sería aceptable, no importaba si respondía alguna tontería; ella solo debía distraer.

El analista escucha, fascinado por el nivel de detalle y precisión en la preparación, pero el loco añade un último comentario con un toque de pesar:

Loco: —Sin embargo, doctor, quien no estaba contemplada en nuestra ecuación era la señorita Cover.

El analista levanta una ceja, percibiendo que la señorita Cover introdujo un factor inesperado en el plan del loco. La habilidad del loco para prever cada interacción y detalle sugiere una manipulación meticulosa, pero la intervención imprevista de la señorita Cover parece haber representado un obstáculo que él no anticipó. Esta presencia imprevista promete añadir tensión al relato, dejando en claro que incluso los planes más perfectos pueden verse alterados por la intervención de un elemento fuera de control.

El relato del loco revela su habilidad para manipular las situaciones a través de una planificación exhaustiva. Su estrategia de preparar a Kendall con temas como la tecnología y la guerra, temas que resonarían con Lord Munrouth, demuestra su comprensión de los intereses de la alta sociedad y su capacidad para guiar la percepción de sus interlocutores. La instrucción dada a Lavander para distraer sin realmente involucrarse en la conversación añade un elemento de sutileza y control que revela su precisión en manipular las interacciones sociales.

La presencia de la señorita Cover, sin embargo, representa un giro inesperado. En la mente del loco, todo está diseñado para que Kendall y

Lavander se muevan según sus instrucciones, proyectando una imagen calculada de nobleza caída y atractivo intrigante. La intervención de Cover sugiere un factor fuera de su control, planteando un desafío a su dominio absoluto sobre el escenario que había creado. Esta presencia imprevista introduce una vulnerabilidad en el plan del loco, revelando que, aunque cree controlar cada detalle, siempre existe la posibilidad de que los elementos impredecibles interfieran, poniendo a prueba su capacidad para adaptarse en medio de la manipulación.

El loco, terminando la última galleta del plato de porcelana decorado con verde y dorado, toma una pausa antes de continuar, su tono ahora teñido de un respeto casi reverente.

Loco: —La señorita Cover... ¿La conoce?

Analista: —No, en realidad no. Bueno, vi una foto suya en una revista de alta sociedad alguna vez, aunque no estoy seguro de que hablemos de la misma persona —titubea el analista.

El loco sonríe con malicia y lo observa detenidamente.

Loco: —¡Vaya, vaya! Tenemos aquí a otro admirador secreto. —El loco esboza una sonrisa burlona y prosigue—. La señorita Cover, cuyo nombre de pila es Nicole, es como una perla.

Analista: —¿Por su color de piel?

El loco arquea las cejas y abre los ojos, sorprendido.

Loco: —No, en absoluto. No soy un racista... bueno, sí, pero no en ese sentido. —Hace una pausa, como para escoger las palabras precisas—. Nicole es como una perla porque es única y tiene una forma perfecta, con curvas que realzan esa zona donde la espalda pierde su nombre. Tiene una sonrisa que cautiva, y unos ojos color *hazel* que atrapan a cualquiera. Pero lo que realmente la define, doctor, es que es el ser más inteligente, probablemente, de toda la isla.

El analista observa al loco con creciente interés, y el loco añade, como si revelara una advertencia importante:

SIMPLEMENTE EL DESPRECIO 65

Loco: —Y una mujer inteligente es una mujer peligrosa. Una mujer como Nicole Cover puede destruir cualquier creación que "module la realidad."

El loco se queda en silencio, permitiendo que la tensión de sus palabras se asiente. Para él, la inteligencia de Nicole Cover representa un peligro, no solo por su capacidad de descubrir la farsa que rodea a Kendall y Lavander, sino porque una mujer como ella posee el poder de ver más allá de las apariencias, de captar las manipulaciones y desmontar cualquier mentira, por sofisticada que sea.

El loco percibe en Nicole no solo una amenaza a su plan, sino un riesgo a su control absoluto sobre las personas que él "modula." Su respeto hacia su inteligencia va acompañado de un miedo implícito, porque sabe que alguien tan perspicaz es capaz de detectar cualquier engaño, cualquier desviación de la realidad que él se empeña en construir. Para el loco, la presencia de Nicole Cover introduce una vulnerabilidad fundamental: alguien que podría, si así lo deseara, desmontar todo su mundo cuidadosamente fabricado.

El respeto y temor que el loco expresa hacia Nicole Cover revela su reconocimiento de que, por primera vez, se enfrenta a alguien capaz de desentrañar sus manipulaciones. Para el loco, las personas son piezas moldeables; sin embargo, una mujer como Nicole, con una mente aguda y una capacidad para ver más allá de las apariencias, representa una anomalía peligrosa. La comparación de Nicole con una "perla" no es solo estética; su singularidad reside en su inteligencia, que convierte su percepción en algo inalcanzable para el loco, alguien que está acostumbrado a manipular a los demás sin mayor resistencia.

La frase "una mujer inteligente es una mujer peligrosa" encapsula el miedo del loco a perder el control. Nicole no solo es atractiva o fascinante, sino que posee una capacidad de observación y análisis que la convierte en una amenaza para cualquier "realidad modulada" por el loco. Esta presencia introduce una dinámica de vulnerabilidad en su juego de poder, donde, por primera vez, se enfrenta a alguien a quien no puede manipular tan fácilmente y que podría, si lo decide, exponer sus intrincadas farsas.

El loco, con un toque de frustración en la voz, continúa relatando el giro inesperado en su plan con la señorita Cover.

Loco: —En situaciones como esta, doctor, la única opción es usar cualquier excusa para manejar los obstáculos. La idea, originalmente, era que la señorita McBride, con su torpeza natural, causara un "incidente" que no debería representar mucha dificultad. Debía acercarse a la señorita Cover con una copa de vino y, accidentalmente, derramarla sobre la solapa de su traje. Sí, podría parecer un acto bárbaro y cruel, pero estaba justificado.

El analista lo observa, entendiendo la frialdad con la que el loco planeaba manipular incluso las interacciones más triviales.

Loco: —McBride tendría que disculparse efusivamente y ofrecerse a pagar por la ropa arruinada. Nicole se marcharía molesta y un tanto decepcionada, pero nuestro plan se mantendría a salvo. Incluso, el señor Kendall podría aprovechar la situación para enviarle una tarjeta de disculpa, excusándose por la torpeza de su asistente.

El loco se reclina, su tono revelando cierta exasperación.

Loco: —Sin embargo, cuando me levanté de mi mesa para darle instrucciones precisas a McBride, no consideré que su torpeza natural sería... demasiado. —Hace una pausa y continúa con un tono de resignación—. En lugar de derramar el vino sobre la señorita Cover, McBride realmente se tropezó y tiró la copa al aire... en medio de la nada. Fue un espectáculo, doctor, y lo peor es que ni siquiera pude llevarme las manos a la cara para ocultar mi expresión; eso habría sido un delator. Y, claro, no se pueden derramar dos copas de vino en un mismo evento; aunque no esté escrito en ninguna parte, todos sabemos que eso es inadmisible.

El loco sacude la cabeza, aún visiblemente molesto por el fracaso de su estrategia, y retoma la historia.

SIMPLEMENTE EL DESPRECIO 67

Loco: —Nicole Cover, por supuesto, permaneció toda la tarde, escuchando atentamente el discurso sobre la guerra, la mecánica, el patriotismo y la industria. Pero no se tragó una sola palabra, doctor. Ni una.

El analista observa al loco, viendo en su rostro una mezcla de frustración y respeto. Nicole había logrado lo que pocos podían: percibir la farsa, mantenerse ajena al espectáculo y resistir la manipulación que el loco tan cuidadosamente había orquestado. Para el loco, este fracaso marcaba una grieta en su estrategia; su incapacidad para sacar a Nicole del escenario dejó expuesto el alcance limitado de su control en situaciones donde su táctica de distracción no funcionaba.

El intento fallido de manipular a Nicole Cover mediante la torpeza de McBride revela tanto la habilidad del loco para planear cada detalle como la fragilidad de esos mismos planes cuando un imprevisto interviene. El loco tenía en mente cada movimiento, cada palabra de disculpa y cada consecuencia, pero la torpeza de McBride en el momento equivocado rompió el hechizo que buscaba proyectar. En lugar de ser un factor que contribuyera a la distracción de Nicole, el fallido derrame de vino convirtió la situación en un espectáculo sin impacto.

La reacción de Nicole, quien escuchó todo sin dejarse convencer, resalta su capacidad para ver más allá de la apariencia. Para el loco, alguien capaz de resistir sus manipulaciones y de mantener una percepción clara se convierte en una amenaza real, alguien que podría, si así lo deseara, desmantelar el castillo de ilusiones que él había construido. La presencia de Nicole como una espectadora atenta y crítica introduce una vulnerabilidad en su estrategia, dejándole claro que hay personas para las cuales la percepción de la verdad es inquebrantable, y que no se dejan deslumbrar por el espectáculo superficial que él tan hábilmente maneja en la mayoría de sus manipulaciones.

El loco, con un tono de ligera amargura, continúa relatando los eventos que siguieron a la velada en el club hípico.

Loco: —Como si la situación no pudiera empeorar, doctor, cada vez que el señor Kendall miraba a la señorita Cover, algo en sus ojos me hacía pensar que él sentía que estaba en el cielo, mirando a un ángel. Un ángel tan hermoso que le resultaba imposible concentrarse en el plan. McBride lo notó, y se sintió ofendida; sabía que, en el fondo, podía sacar mucho más de Kendall si él le tenía preferencia a ella.

El loco sacude la cabeza, como quien contempla el desastre de una máquina que falla en el momento más crucial, y prosigue:

Loco: —Luego, en privado, la confronté y le recriminé su torpeza. Le expliqué que, con su descuido, había puesto en riesgo toda la operación y la estabilidad de la relación que ella tenía con Kendall. El interés de Kendall hacia McBride había desaparecido completamente.

Analista: —Así que, aunque esa tarde Lavander se había ganado la admiración de toda la alta sociedad londinense...

Loco: —Exacto. Aunque esa mujer, con el ramo de 288 rosas rojas, conquistó a medio Londres, perdió al único que realmente debía importar. Porque, doctor, yo había logrado lo imposible: convencer a los miembros de la clase alta de esta ciudad de que un mecánico nacido en un suburbio era uno de los hombres más cultos, inteligentes e informados sobre economía, finanzas y tecnología industrial.

El loco se queda en silencio unos segundos, dejando que las implicaciones de su éxito frustrado se asienten, y luego añade con resignación:

Loco: —Sin embargo, Nicole Cover tenía una duda, una duda razonable, si quiere llamarla así. Y la señorita McBride... tenía un pie fuera del negocio.

El analista lo observa, captando la complejidad de la situación: el loco había logrado convencer a la alta sociedad de una mentira cuidadosamente orquestada, pero no había previsto la fragilidad de los sentimientos humanos ni el riesgo que significaba el interés de Kendall por Nicole Cover. Lo que parecía un éxito total se transformó en una cadena de complicaciones personales que amenazaban con desmoronar la operación. En su intento por manipular los deseos y percepciones de todos, el loco descubrió que hay factores —como el amor o el deseo genuino— que pueden escaparse a su control y que incluso la mentira mejor construida puede ser vulnerable frente a las emociones no planeadas de sus participantes.

El relato del loco muestra que, a pesar de su habilidad para moldear la percepción y controlar cada detalle, hay elementos que no pueden ser manipulados fácilmente. El éxito de su operación —convencer a la élite de que Kendall era alguien de gran relevancia— quedó opacado por la irrupción de sentimientos humanos imprevistos. La atracción de Kendall por Nicole Cover, así como los celos de McBride, revelaron que incluso los planes más meticulosos pueden desmoronarse cuando los involucrados desarrollan sentimientos genuinos que contradicen las manipulaciones externas.

El hecho de que Nicole Cover mantuviera dudas, junto con la amenaza de McBride de perder su lugar, sugiere que la vulnerabilidad en la estrategia del loco no reside solo en los errores, sino en la imposibilidad de anticipar y controlar las emociones reales de las personas. Aunque él puede construir una narrativa convincente para los demás, no puede impedir que sus "actores" desarrollen sus propias motivaciones, lo que introduce una fragilidad esencial en cualquier mentira o farsa que dependa de la naturaleza impredecible de los sentimientos humanos.

El loco, visiblemente irritado, continúa desahogándose sobre la incompetencia de McBride, mientras el analista escucha con atención, captando el desencanto que invade sus palabras.

Loco: —Esa misma noche, doctor, exploté. La torpeza de la señorita McBride era inconcebible. Le dije que, ¿acaso necesitaba ensayar previamente para derramar un vaso de agua sobre alguien? —Hace una pausa, como si recordara la escena con amargura—.

Incluso, la amenacé con llamar a mi exesposa... sí, la que era fea y luego se volvió gorda, para que ella hiciera ese trabajo. Y créame, doctor, por un momento realmente pensé que mi exesposa habría sido mejor que McBride para algo tan simple como eso.

El analista, intrigado, observa mientras el loco hace una pausa, evaluando sus pensamientos.

Loco: —Habría llamado a mi exesposa si no fuera porque ahora enseña en una escuela secundaria en un pueblo a unas... 45 millas de aquí. Un lugar con más vacas que alumnos. Pero luego recordé su fealdad y su obesidad, y, bueno, doctor, se me quitaron las ganas de pedirle que le enseñara a McBride algo tan básico como lanzar un vaso de agua.

El analista sonríe con ironía y, sin perder el ritmo, lanza una pregunta cargada de curiosidad:

Analista: —¿Y peleaban mucho usted y su esposa? La fea y luego gorda...

El loco lo mira, sin expresión alguna, como si la pregunta lo hubiera tomado ligeramente por sorpresa.

Loco: —No, nunca peleamos. —Hace una pausa, observando al analista con una frialdad calculada—. Un día, simplemente desapareció. No dio ninguna explicación. Por eso, doctor, me siento moralmente autorizado para hablar sobre su fealdad y su gordura. Ella eligió irse sin una palabra, así que yo elijo describirla como lo que era.

El analista asiente, percibiendo que el loco utiliza esta explicación como una justificación para su desdén. Para él, la desaparición de su exesposa es la excusa perfecta para despojarla de cualquier consideración y reducirla a los rasgos que él mismo desprecia. En su visión, no hay lugar para los matices o la autocrítica; solo una sensación de traición que le permite hablar de ella con frialdad.

La narración del loco sobre su exesposa revela su tendencia a deshumanizar a quienes considera inferiores o que han fallado en cumplir con sus expectativas. Para él, la torpeza de McBride es

SIMPLEMENTE EL DESPRECIO

imperdonable y lo lleva a cuestionarse si no habría sido mejor reemplazarla incluso por su exesposa, a quien también menosprecia. Al describirla, se enfoca en sus defectos físicos, como si estos fueran una representación de su carácter o de la "traición" que él percibe en su partida.

La frialdad con la que el loco describe la relación sugiere una completa falta de empatía. Para él, los vínculos son funcionales y las personas cumplen un rol en la narrativa que él mismo ha diseñado. Cuando alguien se desvía de este papel, pierde todo valor y puede ser reducido a una simple descripción física o a un recuerdo distorsionado que sirve a su propia visión de los hechos. Esta visión refleja su percepción de las relaciones humanas como instrumentos de control y conveniencia, y su incapacidad para tolerar cualquier rasgo de independencia o imperfección en los demás.

El loco, visiblemente perturbado, intenta explicarle al analista su creciente preocupación por el comportamiento de Kendall.

Loco: —En cuanto a Kendall... estaba completamente *estupidizado*.

Analista: —Esa palabra no existe.

El loco lo mira, molesto por la corrección, y responde con impaciencia:

Loco: —Entonces, ¿cómo llama usted a un hombre que toma una foto y, ridículamente, le habla haciéndole promesas de amor? Por un momento pensé que nuestro plan maestro había fallado y que nos dirigíamos al desastre absoluto.

El loco hace una pausa, y en su rostro se puede ver una mezcla de preocupación y resignación.

Loco: —Pensé en las 1,837 libras que Kendall había invertido; prácticamente todo lo que le quedaba de su herencia familiar. Pensé en los favores que yo había pedido en su nombre, en las 7 libras que costó el Rolls, en las 31 que pagamos por el tuxedo. —Hace una pausa, y añade con un toque de amargura—. Pensé en los almuerzos que había dejado de consumir con Stingler. Y permítame aclararle que eso representa un gasto doble, doctor, porque, además de renunciar al cangrejo y al jugo de naranja fresca traída desde Valencia, tuve que recurrir a comprar media docena de huevos, cocerlos yo mismo y consumir pan de molde por mi propia cuenta. Todo esto sin mencionar el té que, además, también pagué de mi bolsillo.

El loco hace una pausa y su tono se vuelve más sombrío:

Loco: —Uno no puede permitirse hacer ese tipo de inversión sin una garantía de que el plan se ejecutará al pie de la letra. Y sin embargo, ahí estaba Kendall, perdiendo la cabeza, lanzando promesas de amor a una simple fotografía.

El analista lo observa, percibiendo que el loco no solo se preocupa por el fracaso del plan, sino también por el sentido de traición que siente ante el aparente cambio de rumbo de Kendall. Para él, cada inversión, cada sacrificio —hasta el té pagado de su propio bolsillo— representa un compromiso con un plan que debía cumplirse sin desviaciones. El amor repentino de Kendall por Nicole Cover se convierte, en la mente del loco, en una traición directa a todo el esfuerzo, los favores y el dinero invertidos.

El discurso del loco revela su obsesión no solo por el éxito de su plan, sino por el control absoluto sobre cada detalle y costo invertido. Cada gasto, desde el Rolls hasta el pan de molde que tuvo que consumir en lugar de cangrejo, se convierte en una evidencia de su sacrificio personal y de su meticulosa dedicación. Para el loco, estos esfuerzos no solo eran necesarios, sino parte de un contrato implícito que todos debían respetar.

La "estupidización" de Kendall, simbolizada en sus promesas de amor a una simple fotografía, rompe con esta estructura controlada y convierte cada inversión en un riesgo de pérdida. La obsesión del loco con los detalles más triviales, como el costo de sus almuerzos o el té que tuvo que pagar él mismo, subraya su creencia de que el éxito de su plan debe estar garantizado. Frente a este desvío, el loco no solo experimenta

SIMPLEMENTE EL DESPRECIO

frustración, sino una sensación de traición, al ver que el objeto de su manipulación ha dejado de obedecer la lógica que él había diseñado, y, en su lugar, ha cedido ante emociones que él desprecia y no puede controlar.

El analista, sin dejar escapar un detalle, le recuerda al loco la deuda pendiente por el ramo de rosas:

Analista: —Olvidó mencionar el ramo de 288 rosas rojas que llevó Lavander al club hípico...

El loco sonríe con una mezcla de ironía y desdén.

Loco: —No lo he olvidado, doctor. Simplemente, aún lo debo. Es de mal gusto sumar al balance de una operación los costos que uno aún no ha asumido. Quién sabe, quizá con un poco de suerte los floristas de la ciudad olviden mi deuda. O podría decir que era el señor Kendall quien pagaría, y ahora que está muerto... —se encoge de hombros con indiferencia—. Esa pérdida la tendrán que asumir los 17 floristas que me dieron las rosas. Después de todo, era pleno invierno y probablemente no habrían vendido esas flores de todos modos.

Hace una pausa, como si recordara otra parte del plan, y continúa:

Loco: —Decidí que alguien más se encargaría del "trabajo sucio," para evitar más torpezas. Pero, mientras tanto, tuve la brillante idea de decirle al señor Kendall que esa "noble relación" con la señorita Cover iría... floreciendo. Había que mantener a ese pobre diablo ilusionado con algo.

El loco toma su portafolio del suelo y, de su interior, saca una foto en color sepia de Nicole y el señor Kendall, ambos sonriendo de una forma que parece casi irreal, como si hubieran descubierto algo maravilloso.

Analista: —¿Y ella, quién es? —pregunta el analista al notar otra foto de una mujer delgada, con ojos pequeños, nariz recta y labios gruesos, con una sonrisa amplia que destila felicidad.

El loco sostiene la foto con un desdén disimulado.

Loco: —Es mi exesposa... la que era fea y luego gorda. Pero aquí, aún no era gorda, solo fea. —Lo dice con un tono de desprecio, y añade—. Me gusta conservar las fotos de las personas cuando se ven felices.

Mientras recoge las fotos, el analista lanza una pregunta con tono inquisitivo:

Analista: —Entonces, ¿Nicole y el señor Kendall realmente salieron?

Loco: —Por supuesto que lo hicieron, doctor. Al fin y al cabo, eran un hombre y una mujer biológicamente sanos y en edad reproductiva.

El loco guarda las fotos en su portafolio con calma, como si esta realidad biológica fuera la única razón necesaria para explicar la atracción entre Kendall y Nicole. Para él, sus deseos y su conexión eran meramente incidentales, sin otra trascendencia que cumplir con el esquema general que él había diseñado. En su mente, no había lugar para considerar la posibilidad de un vínculo auténtico; solo lo inevitable que es la biología y la conveniencia de la atracción en sus planes.

La actitud del loco revela su percepción fría y calculadora de las relaciones humanas. Para él, incluso los gestos de afecto o atracción no tienen un valor genuino; son meros accidentes biológicos que pueden aprovecharse o descartarse según convenga a sus planes. La manera en que maneja la deuda de las rosas, buscando evadir la responsabilidad, muestra que considera las emociones y conexiones humanas como algo que él puede utilizar o ignorar a conveniencia.

La foto de su exesposa, "feliz" pero despreciada, ilustra su falta de empatía y su visión instrumental de las personas, únicamente, quienes le resulten útiles. Conserva sus imágenes no por apego o afecto, sino para recordarles en un estado que él controla: un instante de felicidad que él decide preservar, aunque ya no valore a la persona misma. Esta visión deshumaniza los sentimientos y reduce a las personas a "piezas" que se mueven de acuerdo a las reglas que él define, subestimando cualquier profundidad emocional que puedan experimentar, tanto Nicole como Kendall, en sus interacciones reales.

El loco, en un tono algo reflexivo, empieza a narrar cómo el plan original comenzó a desviarse con el inesperado vínculo entre Kendall y Nicole Cover.

Loco: —Fue en ese momento, doctor, donde comenzaron mis "días de ira." Nicole Cover no creía ni una sola palabra de las que Kendall decía, y sin embargo, eso parecía no importar. Fueron a un partido de cricket que, por cierto, los aburrió terriblemente a ambos. Pero en algún momento, en medio de ese tedio, terminaron besándose. Y ese beso cambió la dinámica entre ellos.

El loco hace una pausa, casi como si reviviera el instante en el que empezó a perder el control sobre el plan.

Loco: —Salieron del partido en medio de una nevada brutal y, a bordo del Rolls que Kendall había comenzado a usar a diario desde su visita al salón de ajedrez, él la llevó hasta su residencia. La señorita Cover, como una perla deslizándose entre sus brazos, se dejó llevar con una elegancia descomunal.

Analista: —¿Y qué pensó en ese momento?

Loco: —Pensé que debía comprar el auto. No podía seguir manteniendo esa fachada a base de favores y trabajos con clientes mediocres; no era redituable. Kendall y Nicole hicieron un viaje a Manchester el siguiente fin de semana, y créame, doctor, me vi obligado a hacer mil peripecias para que todo saliera perfecto. Alquilé una residencia de campo que fue de un primo mío y que estaba en venta; incluso contraté un par de sirvientes y yo mismo me hice pasar por un visitante frecuente y amigo del señor Kendall.

El analista percibe que la relación entre Kendall y Nicole obligó al loco a modificar su plan, introduciendo una nueva dinámica que no había anticipado.

Loco: —Curiosamente, la señorita Cover resultó útil. Me vi en la necesidad de dejar de llamar a Lavander para que fuera la acompañante oficial de Kendall a los eventos hípicos. Debo admitir que hacían una pareja primorosa. Además, Nicole había montado a caballo desde que era una niña, y su porte reflejaba esa gracia innata. Su hermana era una jinete excepcional, con una elegancia que solo la nobleza parece conferir.

El loco guarda silencio un instante, observando al analista, quien entiende que la historia ha tomado un giro personal. Nicole, alguien que inicialmente parecía una amenaza, se había convertido en un nuevo pilar del plan, reemplazando a Lavander y proyectando la imagen perfecta de una acompañante digna de Kendall. Sin embargo, para el loco, el cambio no fue sencillo: introducir a Nicole en sus esquemas lo obligó a replantear su control sobre la situación y, en cierto modo, a depender de factores que escapaban a su manipulación directa.

La aparición de Nicole como pareja "oficial" de Kendall revela la flexibilidad del loco, quien, a pesar de su aversión por los imprevistos, se adapta cuando las circunstancias así lo exigen. Al principio, Nicole representaba una amenaza, alguien que podía desbaratar sus manipulaciones; sin embargo, al ver la conexión genuina que surgió entre ella y Kendall, el loco decidió ajustarse y aprovechar la situación. Este cambio muestra que, aunque obsesivo y controlante, el loco entiende que, en ocasiones, puede lograr sus objetivos al incorporar elementos fuera de su diseño original.

Además, la sustitución de Lavander por Nicole en la vida de Kendall no solo implica un ajuste táctico, sino también una rendición implícita: Nicole era, a su manera, el símbolo de una dinámica más auténtica y natural, algo que Lavander, como simple "pieza" en el juego del loco, no podía ofrecer. Aunque el loco no lo admitiría abiertamente, esta autenticidad entre Kendall y Nicole forzó una evolución en sus métodos, llevándolo a permitir que una "piedra fuera del tablero" como Nicole se convirtiera en una nueva carta en su juego, adaptando su estrategia y su control a una realidad que, por momentos, parecía escapar de su alcance.

SIMPLEMENTE EL DESPRECIO 77

El loco, por primera vez, parece mostrar un respeto genuino y casi reverencial hacia Nicole Cover, una mujer que lo desconcierta y lo fascina al mismo tiempo.

Loco: —Nicole Cover tiene un encanto excepcional, doctor. No sé si es su sonrisa o la forma en la que entrecierra los ojos y frunce la nariz, completando ese rostro casi perfecto.

El analista, captando un matiz diferente en su tono, lo observa con auténtica curiosidad:

Analista: —Entonces, ¿para usted la señorita Cover era... linda?

El loco, visiblemente sobresaltado, responde de inmediato, casi indignado por la pregunta:

Loco: —¿Bonita? ¡Es realmente hermosa! Perfecta, una pieza de orfebrería delicadísima. Ni siquiera esos presumidos orfebres italianos podrían crear una pieza semejante en belleza. Simplemente hermosa... aunque, tristemente, demasiado inteligente. Y esa combinación de belleza e inteligencia hace que cualquier hombre —especialmente uno como yo— sienta cierto miedo y desconfianza. La señorita Cover, por sí misma, habría logrado obtener esos cien millones de libras sin necesidad de alguien como Kendall.

El loco se queda en silencio unos instantes, como si reflexionara sobre los imprevistos que habían alterado su plan original.

Loco: —Infortunadamente, el amor no era parte del acuerdo que sellamos en ese viejo bar mediocre donde conocí al señor Kendall. Solo por eso, doctor, puedo permitirme censurar la relación entre mi "creación monstruosa" y esa mariposa tan perfecta, tan fascinante.

El analista, percibiendo que el loco ha sido atrapado en su propio juego por los sentimientos que desprecia, lanza una pregunta directa:

Analista: —¿Quería deshacerse de la señorita Cover?

El loco niega con vehemencia, casi como si la pregunta fuera absurda:

Loco: —No, doctor, ¿cómo podría deshacerme de mi amuleto de suerte? —Hace una pausa, recuperando su tono controlado, y continúa—. El padre de la señorita Cover es el verdadero tesoro. Come cada tercer día con el Rey y el secretario de su Majestad, y juega al bridge con los consejeros de la Casa Real. Además, fue corredor de autos de fórmula en su juventud. Hijo de un héroe de guerra, sus condecoraciones no están ahí por azar. Admirado por todos, era el vínculo directo hacia una inversión sólida.

El loco observa al analista, satisfecho de haber dejado clara la importancia estratégica de Nicole Cover y su entorno. La presencia de Nicole y y su linaje traían consigo una influencia auténtica y respetada.

El discurso del loco sobre Nicole Cover revela una ambivalencia interesante: por un lado, la admira casi reverencialmente por su belleza y su inteligencia; por otro, la considera un "amuleto de suerte," una herramienta para sus propios fines. Su miedo y desconfianza hacia ella no nacen del rechazo, sino de una sensación de vulnerabilidad que alguien como él, acostumbrado a manipular, rara vez experimenta.

La mención del padre de Nicole y sus conexiones sugiere que el loco entiende que la posición de Nicole va mucho más allá de su apariencia o encanto personal. Para él, Nicole representa una oportunidad invaluable para acceder a una red de poder que ningún favor o manipulación podría asegurar por sí solo. Su relación con el Rey y la admiración pública por su linaje militar la convierten en un vínculo esencial, una ventaja que debe proteger a toda costa. Esta mezcla de admiración y cálculo pragmático muestra al loco en su esencia más compleja, debatiéndose entre su fascinación genuina y su fría racionalidad estratégica.

El loco, recordando su esfuerzo por encontrar el regalo perfecto para Nicole Cover, describe su proceso con un tono de satisfacción mezclado con agotamiento.

Loco: —Verá, doctor, si el señor Cover no es un Lord, es únicamente por su origen irlandés y su negativa a aceptar los títulos que su amigo, el Rey, le ha ofrecido. Así que, cuando pensé en un obsequio para su hija, la "perla" Nicole, comprendí que tenía que ser algo absolutamente único.

El loco hace una pausa, como si recordara las noches en vela pensando en ideas para el regalo.

Loco: —Pasé al menos seis noches enteras sin dormir, dándole vueltas a la idea. Tenía que ser algo especial, algo que resaltara. Al principio, pensé en regalarle un caballo, y consideré contactar a un criador excepcional como Lord Engelton. Pero luego recordé que la señorita Cover ya tendría, en su cuadra personal, al menos una docena de caballos de esa calidad. Luego pensé en encargar un retrato al óleo, contratar a un pintor de Venecia o Florencia para capturar su belleza. Pero recordé que hace dos veranos un renombrado pintor francés ya la había retratado.

El loco suspira, como si volviera a experimentar la frustración de esos días.

Loco: —Nada me parecía suficiente para ella, doctor. Kendall, en su condición de mecánico, estaba encantado con la idea de hacerle un obsequio, pero ¿qué podría aportar él en cuanto a buen gusto? Así que la responsabilidad recaía completamente en mí, en mi astucia.

Analista: —¿Y qué decidió, entonces?

Loco: —No era una tarea fácil. Pero, finalmente, la respuesta apareció frente a mí como un destello de inspiración: un diamante azul, un "diamante del mar." —El loco se inclina ligeramente hacia adelante, con los ojos brillantes de entusiasmo—. Contacté al señor Karl Svelenski, un joyero de renombre, y le dije, sin rodeos: "Necesito el diamante azul más grande que tenga en su catálogo."

El analista lo observa, comprendiendo que el loco percibía este regalo como algo más que un simple obsequio; era un símbolo de la admiración y respeto que, a su manera, sentía por Nicole Cover. Para el loco, el diamante azul representaba la única joya que podía estar a la altura de Nicole, la única que podía expresar el valor único que ella significaba para su plan, y, quizás, algo más profundo que él se negaba a admitir.

El relato del loco sobre la elección del regalo perfecto para Nicole revela una mezcla de cálculo y reverencia. Al reconocer que nada ordinario sería suficiente para ella, el loco muestra tanto una comprensión de la complejidad de su posición social como una fascinación personal hacia ella. La elección del diamante azul no es solo una muestra de opulencia; para el loco, el "diamante del mar" representa algo que trasciende el valor material y refleja la perfección que él mismo ve en Nicole.

El valor simbólico de esta elección sugiere que, para el loco, el obsequio no solo debía impresionar a Nicole y su entorno; debía asegurar su propio respeto y autoridad en la relación entre Kendall y Nicole. Aunque el loco no admite abiertamente sus sentimientos hacia ella, su dedicación para encontrar algo único y el esfuerzo invertido en ese detalle muestran que Nicole representa un desafío emocional y estratégico que él mismo no puede ignorar.

El analista, intrigado, ofrece un chocolate al loco y pregunta con interés:

Analista: —Entonces, ¿le compró un diamante azul a la señorita Cover?

El loco toma el chocolate, lo desenvuelve lentamente, y responde con satisfacción:

Loco: —Naturalmente, doctor. Después de todo, se trataba de un plan de cien millones de libras. ¿Qué significaban apenas 15,789 libras, que fue el mejor precio que conseguí del joyero? Cuando vi el diamante por primera vez, debo admitir que fue lo más hermoso que había contemplado en mi vida. Era impresionante, doctor. Lo observé con detenimiento y no pude evitar acercarme para tocarlo.

Hace una pausa, deleitándose en el recuerdo, y luego añade:

Loco: —Instruí al joyero para que me entregara el mejor estuche y le grabara una placa de oro con las iniciales *N.C.R.* y la fecha *12/*

21. Pero el detalle no terminaba ahí. Encargué a mi dama de llaves que comprara 350 rosas rojas... aunque, claro, le advertí que fuera al otro lado de la ciudad a buscarlas, ya que, como bien sabe, aún tengo pendiente el pago de aquel ramo de rosas Violet Carson. ¿Las conoce, doctor?

El analista, un tanto sorprendido, asiente levemente, y el loco continúa con una breve descripción de estas flores:

Loco: —Las Violet Carson son una variedad única de rosa, de un rojo aterciopelado, con un suave toque rosado en los bordes de cada pétalo. Tienen una fragancia rica y compleja, algo entre lo floral y lo especiado. No hay otras rosas que transmitan la misma intensidad y elegancia. Eran perfectas para acompañar el diamante, y así lo hice.

El analista, impresionado, asimila cada detalle, percibiendo en el loco un grado de devoción y precisión que va más allá de la simple estrategia. Para el loco, este obsequio no solo era un gesto de lujo; era una obra meticulosamente calculada para provocar en Nicole una reacción de admiración y sorpresa, una emoción que él consideraba esencial para mantener su influencia sobre ella y su entorno. Aunque el costo parecía alto, para el loco era una inversión insignificante en comparación con la garantía de sostener la ilusión de prestigio que había creado.

El esfuerzo del loco para seleccionar cada detalle del obsequio de Nicole revela su habilidad para combinar belleza y significado en una sola expresión de poder. La elección de las Violet Carson y el grabado en oro no son meros ornamentos; representan un intento de crear una atmósfera de perfección y admiración alrededor de Nicole, reflejando su posición y valor en el plan del loco.

Cada rosa y el brillante diamante simbolizan su control absoluto y su intento de seducir, no solo a Nicole, sino al entorno en el que ella se desenvuelve, reforzando la imagen de prestigio de Kendall y la relevancia del loco como el verdadero arquitecto de esa imagen. Este despliegue de lujo y detalle expresa su concepción de las relaciones humanas como construcciones calculadas donde los sentimientos y las conexiones pueden, según él, comprarse o condicionarse a través de gestos grandiosos y cuidadosamente orquestados.

El loco, con su tono calculado, explica al analista cómo cada detalle del plan de Kendall avanzaba cuidadosamente hacia un propósito mayor.

Analista: —Entonces, ¿fue así como el señor Kendall anunció su intención matrimonial hacia la señorita Cover?

El loco hace una pausa, tomando el tiempo para simplificar su respuesta:

Loco: —Digamos que era un preámbulo, doctor. Un paso lógico, diría yo. Ahora mi asesorado, el señor Kendall, sería bien visto por el señor Cover, y su hija estaría encantada con el obsequio. Mi tarea era, simplemente, empujar al señor Cover a apoyar a su futuro yerno en la obtención de esos cien millones de libras. Cien millones de los que, naturalmente, su hija sería copropietaria.

El analista lo observa con atención, notando la precisión con la que el loco había alineado cada elemento en el plan. El loco continúa, satisfecho con el curso de los acontecimientos:

Loco: —Todo iba tal como lo había planeado. Dos días antes de que Kendall visitara a la señorita Cover para entregarle el bellísimo obsequio, decidí hacer otra inversión importante: adquirí un Rolls negro, casi nuevo, por 27,659 libras. No era perfecto ni ostentoso en exceso, pero era una pieza elegante, recién encerada. Era justo lo que necesitaba para que el caballeroso señor Kendall proyectara el nivel adecuado.

El loco se relaja un poco, satisfecho de que cada detalle estaba en su lugar para completar la ilusión de nobleza y elegancia alrededor de Kendall. Para él, el Rolls negro no era solo un vehículo; era una extensión de la imagen que había construido de Kendall como alguien digno del entorno de Nicole y, por ende, de los recursos que pretendían obtener. Con este movimiento, el loco había creado las condiciones necesarias para que Kendall apareciera, no como un simple mecánico que había ascendido en la sociedad, sino como alguien con suficiente sofisticación y respaldo como para ser bien recibido en el círculo cercano de los Cover.

El enfoque del loco en cada detalle, desde el obsequio del diamante hasta la adquisición del Rolls negro, muestra cómo considera el matrimonio entre Kendall y Nicole una transacción estratégicamente ventajosa. Para él, cada gesto, cada inversión en apariencia y lujo, no solo proyecta una imagen de elegancia, sino que asegura su control sobre la situación. El Rolls negro simboliza la llegada de Kendall a un nivel de estatus que el loco ha fabricado con esmero, con el fin de ganar el favor del señor Cover y asegurar que el dinero fluya como resultado de esa conexión.

Este despliegue de estrategias revela cómo, para el loco, el matrimonio entre Kendall y Nicole no es una cuestión de amor o conexión genuina, sino un movimiento calculado en un juego de poder. Cada pieza que coloca —desde el obsequio hasta el vehículo— está destinada a consolidar su influencia, no solo sobre Kendall y Nicole, sino sobre la estructura misma de una sociedad en la que él, aunque en las sombras, ha construido una narrativa de riqueza, prestigio y éxito.

El analista, sin perder el tono pausado, saca una botella de licor de la cómoda junto al escritorio y se dirige hacia el loco:

Analista: —¿Dos hielos, cierto?

El loco lo mira, algo desconcertado, intentando descifrar la intención detrás del ofrecimiento:

Loco: —¿Es de verdad?

El analista asiente, y con unas pinzas doradas coloca dos hielos en un vaso *old fashioned*. Finalmente, el loco acepta el trago, extiende el brazo y bebe lentamente, mientras el analista lo observa en silencio. Tras una pausa, el analista retoma la palabra:

Analista: —Entonces, ¿Nicole y el señor Kendall estaban por contraer matrimonio?

El loco asiente con un leve suspiro, como si recordara los días previos a que todo el plan comenzara a tambalear.

Loco: —Ese era el plan, doctor. Pero, como suele suceder, llega el diablo y todo se descompone. Sin embargo, antes de que todo cambiara, el señor Cover realmente nos ayudó. Logré que él comprometiera a algunos de sus contactos en el Parlamento a invertir en un proyecto de pozo petrolero en Texas, en una propiedad de la familia Kendall.

Hace una pausa y continúa, su voz ahora teñida de una ligera satisfacción.

Loco: —La reunión con el señor Cover fue un espectáculo perfecto, dos días antes de que Nicole recibiera el "diamante del mar." Aquella tarde fue como un ensueño, doctor. Inspirado por la historia de mi bisabuelo materno, que robó a mi bisabuela de un convento en tierra continental, decidí alquilar un globo aerostático para que la feliz pareja volara por los aires.

Analista: —¿Un globo aerostático? —pregunta con una mezcla de asombro e incredulidad.

Loco: —Así es. Un vuelo entre las nubes, entre palabras dulces y besos, para sellar compromisos. —El loco sonríe—. Mientras ellos estaban en el aire, doctor, yo hacía lo que mejor sé hacer: negociaba con el padre de la novia las condiciones para obtener su apoyo. Fue la ocasión perfecta para asegurar el respaldo de este ilustre hombre y de sus amigos del Parlamento. La cifra deseada por su distinguido yerno estaba, por fin, al alcance.

El loco se queda en silencio, saboreando el recuerdo de aquella estrategia perfectamente ejecutada, mientras el analista lo observa, percibiendo cómo cada elemento de este "ensueño" estaba destinado a consolidar un solo objetivo: el apoyo de Cover y su influencia en el Parlamento. Para el loco, el vuelo en globo no era solo un gesto romántico para la pareja; era un movimiento calculado para sellar un negocio crucial, aprovechando la atmósfera de promesa y compromiso.

SIMPLEMENTE EL DESPRECIO 85

El relato del loco sobre el vuelo en globo aerostático y la reunión con el señor Cover revela su habilidad para utilizar la escenificación y la manipulación emocional como herramientas de negociación. Para el loco, cada detalle —el "diamante del mar," el vuelo entre las nubes— estaba cuidadosamente planeado para reforzar la imagen de un compromiso perfecto, mientras él negociaba a puerta cerrada con el padre de la novia.

La historia del bisabuelo, que añade un toque de romanticismo y aventura, no solo destaca su gusto por las narrativas dramáticas, sino que también simboliza su habilidad para manipular los sentimientos y crear momentos emotivos que distraigan a los demás y los inclinen a aceptar sus condiciones. El vuelo entre las nubes se convierte en una metáfora de cómo el loco lleva a los demás a "soñar," mientras él mantiene el control de las transacciones. Así, el matrimonio entre Kendall y Nicole, que podría parecer una unión por amor y prestigio, es, en última instancia, una negociación calculada, donde el loco utiliza el amor y el romanticismo como un recurso más en su estrategia para alcanzar la cifra ambicionada.

El loco, evidentemente deleitándose con los detalles de su propia preparación, relata al analista cómo cada elemento de su apariencia y comportamiento fue calculado con esmero.

Loco: —Al día siguiente, doctor, me dirigí a la residencia de la familia Cover en Nothing Hill. Y créame, cada detalle fue cuidadosamente pensado. Para la ocasión, decidí falsificar un par de condecoraciones que me presentaran como un héroe de guerra. Llevaba mi mejor reloj, y ese frac negro con pantalones gris a rayas que reservo para ocasiones muy especiales. La camisa italiana, hecha a mano, la hice almidonar tres veces en el cuello y tres en cada puño; nada quedaba al azar. Los zapatos italianos, hechos de fina piel de cabra, y un portafolio forrado en piel de cerdo completaban mi atuendo, otorgándome un aire de aristócrata que ni mi madre habría cuestionado.

El analista escucha fascinado, mientras el loco continúa con un tono casi reverente hacia los detalles de su atuendo.

Loco: —Para relajarme un poco, fui primero al salón de ajedrez y acepté la "benevolencia" de mi estimado Sir William Stingler. Almorcé como de costumbre: cangrejo fresco, pero esta vez decidí acompañarlo con champaña francesa. Ya sabe, doctor, esa que dicen que es "como beber estrellas." Pero en mi caso, creo que estaba bebiendo diamantes.

Analista: —¿Y cómo lo tomó Sir William?

Loco: —Saqué mi cartera y, para sorpresa de todos, endosé un cheque al nombre del Club de Ajedrez. El camarero y el propio Sir William levantaron las cejas como si hubieran presenciado algo prohibido. Insistí en que no era para tanto, pero ya sabe cómo es esa gente: les encanta "herir" con su desprecio y esa colección de frases mezquinas.

El loco hace una pausa, recordando el impacto que había dejado en el salón.

Loco: —Me despedí con una caravana digna de un mandatario, abordando el hermoso Rolls recién encerado. Ajusté mi reloj suizo al reloj de la recepción, doctor, porque pensé que quizás era la última vez que estaría en ese lugar y con esas personas.

El analista lo observa, captando el simbolismo que el loco había impregnado en cada paso de su salida, casi como si se tratara de una despedida de un mundo al que él consideraba inferior.

Analista: —¿Y la reunión, qué pasó después? ¿A dónde fue y quiénes estaban allí?

El loco lo mira, esbozando una sonrisa de intriga.

Loco: —Ah, doctor, la cita... Llegué a la residencia Cover con la dignidad que un mandatario llevaría a una audiencia real. —Hace una pausa, saboreando la anticipación—. Ya que está en un hilo, permítame contarle que... al entrar, fui recibido por un mayordomo que bien podría haber sido un general retirado. El salón, decorado con buen gusto, era como un museo de linaje y poder, y allí, esperándome, estaba el señor Cover... y alguien más.

El analista, intrigado, percibe que cada detalle estaba calculado para impresionar al señor Cover y consolidar el respaldo que el loco ansiaba obtener. Para el loco, esta visita no era solo una reunión de negocios; era la culminación de una coreografía precisa, donde cada movimiento y cada accesorio debían reforzar la imagen de prestigio y poder que él había diseñado para sí mismo y para Kendall.

La meticulosa preparación del loco para la reunión refleja su obsesión por la apariencia y el impacto que esta puede tener en quienes lo rodean. Cada detalle, desde la camisa italiana hasta las condecoraciones falsificadas, se convierte en un símbolo de poder y autoridad que él mismo ha fabricado. Para el loco, estas insignias no son solo ornamentos; son una máscara que le otorga el respeto y el estatus que necesita para manipular su entorno.

El almuerzo en el salón de ajedrez, con el inesperado gesto del cheque, subraya su habilidad para crear una impresión dramática y final. La despedida en el club simboliza el cierre de un capítulo en su vida y una especie de "ascenso" hacia un entorno de mayor poder y oportunidad, representado por la reunión en la residencia de los Cover. Para el loco, cada paso y cada detalle forman parte de una narrativa cuidadosamente tejida, una historia en la que él controla cómo será visto y qué efecto dejará en aquellos que lo rodean, siempre en función de sus ambiciones estratégicas.

El loco, con la voz teñida de satisfacción, continúa describiendo su entrada triunfal en la residencia de los Cover, captando cada detalle de aquel encuentro crucial.

Loco: —Al entrar, saludé al señor Cover con una breve, casi imperceptible reverencia. Fue un gesto mínimo, doctor, que él correspondió de la misma manera. El mayordomo, en su impecable formalidad, me pidió que anunciara mi nombre. —El loco hace una pausa, disfrutando del recuerdo—. Nunca, doctor, jamás, había pronunciado mi nombre con tanto orgullo. Resonó en la estancia, como si fuera un título en sí mismo.

El analista escucha, fascinado, mientras el loco recrea la escena con entusiasmo.

Loco: —Avancé con paso elegante, sin contar mis pasos. Esa escena la había imaginado miles, quizá cientos de miles de veces en mi vida. Al llegar a mi lugar, trece caballeros elegantemente vestidos se levantaron y agacharon la cabeza, dándome la bienvenida, doctor. Sin necesidad de palabras, comprendí que deseaban que tomara asiento y compartiera su compañía.

El loco sonríe, casi saboreando cada nombre que pronuncia.

Loco: —Bebí un scotch mientras me presentaban: Lord Walterford aquí, Sir Adam Strussbert allá... nombres con una sonoridad y un peso formidables, cada uno más rimbombante que el anterior. Finalmente, el señor Cover me presentó como el administrador general de los activos de la familia Kendall.

Analista: —¿Y entonces?

Loco: —Entonces, doctor, era mi turno de brillar. De mi portafolio extraje un paquete de documentos, cuidadosamente sellados y lacrados, aunque lo bastante visibles para causar una buena impresión sin resultar exagerados. Entre ellos, desplegué el plano de una hacienda de 45,000 acres en Texas. Sí, doctor, al otro lado del mundo, pero, en ese instante, estaba frente a ellos como una joya lejana y tentadora.

El loco mira al analista con una expresión intensa, como si aún sintiera el peso de las miradas de esos hombres.

Loco: —Me dirigí a ellos con firmeza: "¡Distinguidos caballeros! Como bien saben, mi representado, el señor Kendall, miembro de una distinguida familia, es propietario de una próspera hacienda en el territorio americano, en el Estado de Texas. Y en esa hacienda, señores, yace un yacimiento de petróleo, el oro negro que propulsará al mundo por..." —y aquí hice una pausa, intencionada, doctor, porque uno debe saber cuándo especular—, "cien años... o tal vez mil." Es imposible saberlo, pero todos sabemos que el petróleo nos seguirá impulsando, como ha venido haciendo en décadas recientes.

El loco sonríe, complacido por el efecto de sus palabras.

Loco: —Mis palabras resonaron en sus oídos, doctor, cada una calculada para despertar su codicia y su sentido de oportunidad.

Entonces, de entre ellos, un hombre alto y delgado, como una pértiga, se levantó. Era el viejo Standish. "Conozco al señor Kendall, un genio del ajedrez, inteligente sobremanera," dijo. Y, sin más, declaró que invertiría treinta millones de libras de los fondos de sus representados, y cinco millones de su propio bolsillo.

El analista, sorprendido por la magnitud de la oferta, llena el vaso del loco mientras pregunta con incredulidad:

Analista: —¿De verdad Standish dijo esto sin que usted le pagara un penique?

El loco acepta el vaso, una sonrisa triunfante en sus labios.

Loco: —Así es, doctor. No le pagué un penique. A veces, no hace falta dinero cuando se sabe construir la imagen perfecta. En ese momento, supe que había triunfado... como solo triunfan los grandes.

El analista observa al loco, captando que para él el triunfo no radicaba en la cifra prometida por Standish, sino en su capacidad para manipular la percepción de los presentes. La reunión no era solo un negocio; era el resultado de una coreografía ejecutada con precisión, donde cada gesto y palabra del loco estaba destinado a proyectar una imagen de autoridad y prestigio imbatibles. Al final, la disposición de Standish a invertir sin cuestionamientos reflejaba, para el loco, el mayor éxito: el poder de controlar las mentes y deseos de la élite londinense sin necesidad de sobornos, solo mediante la habilidad de manipular el contexto y el ambiente a su favor.

La presentación del loco en la residencia de los Cover revela cómo cada movimiento y palabra suya fue intencionado, no solo para generar interés en el proyecto, sino para establecer una imagen de influencia y poder que él había construido meticulosamente. La pausa dramática en su discurso y la alusión a la "fortuna" en Texas reflejan su habilidad para tejer una narrativa de prosperidad inminente, apelando a la codicia y al deseo de pertenencia de los presentes.

El compromiso de Standish de invertir millones, sin recibir incentivo alguno, valida el éxito del loco no solo en términos financieros, sino en su capacidad para proyectar una imagen impenetrable y seductora. Para el loco, este momento de aceptación pública se convierte en la verdadera recompensa, la culminación de su control absoluto sobre la percepción y los deseos de quienes lo rodean, y un símbolo de su triunfo final en el mundo de apariencias que él mismo había construido.

El loco, con un tono de satisfacción y un leve toque de euforia, narra al analista cómo los elogios y promesas en la reunión culminaron en una victoria inesperada.

Loco: —Como era natural, lo primero que hice fue felicitar al señor Standish. No solo expresé mi gratitud, sino que le hice ver su inteligencia superior y su visión del panorama energético. Después de él, otros dos caballeros distinguidos hablaron, comentando que habían visto al señor Kendall en la ópera con una dama de una finura excepcional, y que, sin duda, había conquistado a la mujer más hermosa de Londres.

Analista: —¿Y usted...?

Loco: —Ah, doctor, sutilmente los corregí. Afirmé que la señorita Cover no solo era la más hermosa de Londres, sino de toda la Isla, y quizás de todo el planeta. —Hace una pausa, saboreando el recuerdo—. Al escuchar esto, el señor Cover se hinchó de orgullo y, créame, doctor, vi que sus ojos se llenaron de lágrimas que intentó disimular. Respiró profundo y, como si estuviera sellando un destino, declaró que respaldaría la petición de su "yerno". Lo llamó *yerno*, ¿puede creerlo? En ese instante, doctor, el señor Kendall ganó, para mí, un atisbo de respeto. Incluso, me sentí como un padrino, o algo por el estilo.

SIMPLEMENTE EL DESPRECIO 91

El analista asiente, comprendiendo la mezcla de cinismo y sinceridad en las palabras del loco, quien parecía disfrutar del efecto de sus manipulaciones tanto como el logro económico en sí.

Loco: —En cosa de 37 minutos, en esa mesa, se firmaron contratos de futuros por un valor total de 157 millones de libras esterlinas. El salón se llenó de brindis y felicitaciones, doctor, y cada hombre en la sala se congratulaba a sí mismo por su "inteligencia" y "generosidad."

Analista: —¿Y usted? ¿Qué hizo?

Loco: —Bebí otro scotch, naturalmente, y guardé minuciosamente cada contrato firmado. Aseguré que un corresponsal a mi servicio realizaría todas las gestiones necesarias para que el dinero fuera cobrado en las siguientes 96 horas, según nuestra costumbre. La atmósfera era un verdadero espectáculo de egos, doctor, cada uno felicitándose por su astucia.

El analista escucha atentamente, observando que para el loco, este último brindis y la confirmación de las inversiones no solo representaban un triunfo financiero, sino el clímax de una serie de manipulaciones ejecutadas con precisión. Para el loco, no había mayor victoria que la de ver a estos hombres, convencidos de su "inteligencia," asegurar la fortuna que él había planeado obtener desde el primer momento.

El relato del loco sobre los elogios, brindis y contratos firmados refleja cómo la reunión se convirtió en una celebración de egos donde cada participante se veía como parte de una elite visionaria. La sutil corrección del loco, elevando a Nicole Cover de "la más hermosa de Londres" a "la más hermosa de todo el planeta," muestra su habilidad para jugar con las emociones y el orgullo personal de los presentes, provocando una respuesta inmediata y profunda en el señor Cover.

Para el loco, la verdadera recompensa no radica en el dinero, sino en la confirmación de su influencia. La disposición de los caballeros a ver en él, y en Kendall, una figura de autoridad y prestigio representa la cúspide de su éxito. La reunión final se convierte en un símbolo de su habilidad para crear una realidad alternativa, donde sus manipulaciones y narrativas logran hacer sentir a cada participante inteligente y generoso.

El loco continúa su relato, describiendo con entusiasmo el clímax de su éxito y la repentina irrupción de la justicia a la mañana siguiente.

Loco: —Aquella noche, doctor, después de la reunión en la residencia Cover, ordené al chofer que me llevara en el Rolls por toda la ciudad. Durante más de dos horas recorrimos Londres; estaba tan extasiado por el éxito, que quise saborear cada instante. Finalmente, llegué al departamento que compartía con el señor Kendall. La noticia de su éxito ya había llegado hasta él, sin necesidad de que yo se lo dijera. Lo felicité con un fuerte abrazo, y él, naturalmente, esperaba que brindáramos juntos. Pero yo, doctor, estaba agotado como nunca antes en mi vida.

Hace una pausa, como si aún sintiera el peso de aquel agotamiento.

Loco: —Decidí cambiarme, colgué cuidadosamente cada prenda, me puse las pantuflas y me tumbé en la cama. Me dormí de inmediato, y soñé que volaba en globo junto a los caballeros que se habían hecho socios de nuestra compañía, y que me pedían que gobernara el aparato aerostático como un moderno Jasón guiando a los argonautas a nuevos confines. Fue un sueño reparador, aunque terminó pronto.

El analista escucha con atención, percibiendo la mezcla de euforia y cansancio en la voz del loco.

Loco: —A las 7:06 de la mañana del 20 de diciembre, la realidad golpeó. Un oficial de policía, acompañado de cuatro agentes de Scotland Yard, ingresó a mi domicilio. Venían con una denuncia de la señorita Stephany McBride, quien acusaba al señor Kendall y a mí de fraude, estafa y otros cargos menores que ya no recuerdo bien. Inmediatamente confiscaron todo: mi máquina de escribir, en perfecto estado, y mi biblioteca de 16,601 libros, que incluía originales y algunas falsificaciones de clásicos griegos que los inspectores, por cierto, tomaron por auténticos.

Analista: —¿Y el diamante?
Loco: —Ah, sí, el diamante azul de 14 quilates, legítimo y comprado lícitamente, como más tarde señaló el inspector en jefe. También se llevaron mis cuatro pares de zapatos italianos, de cuero de primera calidad; dos relojes suizos, cuatro plumas fuente francesas, y un portafolio de piel de cerdo en color negro. Dentro del portafolio, documentos varios que se llevarían para verificar su autenticidad.
Analista: —¿Y qué pasó luego?
Loco: —Nos informaron al señor Kendall y a mí que debíamos acompañarlos al edificio de Scotland Yard. Sin embargo, doctor, yo había previsto algo así. La noche anterior, cuando vi al hijo de mi vecino Joseph Garland, un chico de unos catorce años, le había instruido para que cobrara, en mi nombre, a todos los caballeros en las últimas trece páginas de mi libreta de contactos. Por fortuna, aquella noche, de forma excepcional, había dejado la libreta en sus manos. Garland era un muchacho responsable e inteligente; sabía que se pondría en acción y obtendría el dinero antes de que la desgracia de la policía se esparciera.

El loco hace una pausa, y el analista lo observa, embelesado por la calma con la que narra el plan de contingencia.

Loco: —Así que, en realidad, lo único que debía pedir era que se verificara la legalidad de la compra del "diamante del mar." Había pagado la joya desde mi cuenta personal en Barclays; no había delito en comprar un regalo para una mujer hermosa. Le expresé esto mismo al inspector general con toda la serenidad del mundo.
Analista: —¿Y qué respondió él? —pregunta el analista, incapaz de contener su curiosidad.

El loco sonríe, como saboreando el recuerdo de aquel momento.

Loco: —El inspector general me miró fijamente, como si intentara ver a través de cada una de mis palabras. No respondió al instante. Solo dijo, "Verificaremos su cuenta y cada una de sus compras, señor. No se preocupe." Y luego, me pidió que lo acompañara a Scotland Yard.

El analista observa al loco, quien muestra una calma casi irónica, como si incluso en el peor momento, tuviera una respuesta para cada pregunta y un plan para cada imprevisto. Para el loco, esta intervención policial no era más que un obstáculo temporal en su camino, un obstáculo que había previsto y para el cual había dejado preparativos en marcha. Sabía que el dinero seguiría fluyendo gracias a Garland, y el hecho de que la policía confiscaría artículos de lujo y documentos no parecía perturbarlo; en su mente, todo estaba bajo control.

El relato del loco sobre el operativo de Scotland Yard muestra cómo, incluso en un momento de crisis, mantiene una aparente serenidad y confianza en su capacidad para resolver cualquier inconveniente. Al delegar la tarea de cobrar sus contactos en el joven Garland, muestra una astucia preventiva y una comprensión profunda de la importancia de asegurar el flujo de dinero. La calma con la que justifica la compra del diamante, en medio de una acusación de fraude, revela su habilidad para proyectar una imagen de inocencia e impecabilidad, incluso cuando las pruebas apuntan en su contra.

Para el loco, la intervención policial es solo un nuevo reto en su juego de manipulación, una situación más que superar para preservar la narrativa de éxito y poder que ha construido cuidadosamente. La preparación de Garland para recolectar los fondos, así como la seguridad con la que describe el proceso al inspector, son testimonio de su obsesión por el control absoluto, que se extiende a cada aspecto de su vida, incluyendo los imprevistos. Esta tranquilidad calculada refuerza su convicción de que, sin importar la situación, él siempre encontrará la forma de salir ileso, confiando en sus habilidades para manipular la percepción de los demás y en sus planes de contingencia que, una vez más, subrayan su habilidad para anticiparse a cada movimiento.

El loco continúa su relato, detallando cómo, a pesar de la intervención de Scotland Yard, logró mantener el control de la situación y sus planes para salir ileso.

Loco: —Finalmente, comprobaron que, efectivamente, había comprado el diamante del mar lícitamente, usando mis ahorros de toda la vida. El joyero, de hecho, estaba ofendidísimo de que se pusiera en duda mi buen nombre y el de mi "amigo" y socio, el señor Kendall. El inspector general, atendiendo mi solicitud, me devolvió la joya sin demora alguna.

El loco sonríe, disfrutando de cada detalle, y continúa:

Loco: —Le expliqué al inspector general que yo podía responder por cada una de las acusaciones que la señorita McBride había hecho en mi contra y en contra de "mi representado comercial." Sin embargo, doctor, al escucharme, el inspector me miró fijamente, hizo una mueca de desánimo, y dijo: "Entonces, usted se quedará. Él" —señalando al señor Kendall— "puede irse. Solo le pediré que no salga de la ciudad."

Analista: —¿Y cómo reaccionó Kendall?

Loco: —Kendall me miró con agradecimiento. Doctor, nunca nadie me había mirado de esa manera. Le pedí que fuera a la residencia Cover y que no cometiera ningún exabrupto. Si le preguntaban por la policía, debía limitarse a explicar que yo estaba resolviendo un asunto con una antigua socia que había cometido un error. Kendall se llevó la joya con él y, además, prometió adelantar su entrega. Incluso, doctor, me aseguró que enviaría un buen abogado.

El analista escucha fascinado, percibiendo la calma estratégica del loco incluso en los momentos más críticos.

Loco: —Lo vi irse, y en ese momento supe que tenía algo de tiempo. Si Scotland Yard decidía cuestionarme sobre mis insignias de guerra falsas, tenía preparada una respuesta: les diría que Napoleón también se autoproclamó emperador sin haber sido general. Sobre los documentos de Texas, tardarían al menos seis días en obtener una respuesta. Considerando que era viernes al mediodía, tenía tiempo suficiente para resolver mi salida.

Analista: —¿Cuál era su plan?

Loco: —Mi coartada era perfecta. Pensaba solicitar permiso para visitar a mi ex esposa, la que era fea desde el principio y, con el tiempo, se volvió gorda. Planeaba pedirle que me asilara en su... pocilga, llena de vacas y cerdos. Desde allí, compraría un pasaje al Mediterráneo.

Hace una pausa, y luego continúa:

Loco: —Sin embargo, una llamada telefónica cambió todo. Fue desconcertante, doctor, pero me hizo recobrar la cordura y descartar por completo esa estúpida idea de refugiarme en una granja. A fin de cuentas, mi desprecio hacia esa mujer y su pocilga es demasiado profundo.

El analista lo observa, captando que el loco había contemplado una salida desesperada pero que algo en aquella llamada lo había devuelto a sus planes de control y sofisticación. A pesar de la presión de la situación, el loco aún confiaba en su capacidad para manipular cada elemento a su favor. Para él, el supuesto refugio en casa de su exesposa no era más que una distracción en un plan de contingencia mucho más elaborado y calculado, donde cada movimiento había sido diseñado para preservar su dignidad y su posición.

La narración del loco sobre su conversación con el inspector y su plan de escape revela su habilidad para mantener la calma y el control incluso en los momentos más críticos. Al preparar una respuesta sobre sus insignias de guerra y prever el tiempo de respuesta para los documentos de Texas, el loco muestra una previsión detallada y calculada, propia de alguien que entiende cómo jugar en los márgenes de la legalidad. La llamada telefónica, que lo hace recobrar la "cordura," muestra cómo su mente rápidamente vuelve a los planes originales, dejando de lado la idea de un refugio que él considera humillante.

El desprecio hacia su exesposa y la "pocilga" donde ella vive simboliza su rechazo absoluto a cualquier salida que no preserve su imagen de poder y control. Para el loco, su dignidad y la percepción de él en la sociedad son tan importantes que prefiere arriesgarse a enfrentar las acusaciones en su entorno habitual antes que recurrir a un refugio que percibe como una derrota personal. Esta actitud refuerza su obsesión por el estatus y la apariencia, características que lo llevan a tomar decisiones siempre orientadas a preservar su orgullo y la ilusión de poder que ha construido cuidadosamente a lo largo de los años.

El analista, intrigado, no puede evitar beber un sorbo de su café mientras escucha cada palabra del loco, cuya serenidad se mantiene a lo largo del relato.

Analista: —¿Quién llamaba y para qué?

Loco: —Era el señor Standish, doctor —respondió con una tranquilidad calculada—. Llamaba para confirmar la propiedad en Texas, que, según él había descubierto, pertenecía a una tal Josephine Kendall, quien aparentemente no era pariente directa del señor Kendall. Resultó que la propiedad tenía 47,500 acres, no 45,000 como yo había dicho, y los impuestos no se habían pagado en años. Aún así, Standish no dudó en asegurar que la reserva petrolera valía unas 700 millones de libras y, por tanto, que había confiado en mí sus ahorros familiares.

El analista parpadea, procesando la ironía de la situación:

Analista: —¿La tal Josephine... no era familiar de Kendall?

Loco: —Exacto, doctor, la ironía absoluta. Standish creía que sus ahorros estaban seguros en manos de Kendall y en esa propiedad. El destino había jugado a mi favor, y no había un delito real qué perseguir. Pocos minutos después, un hombre de traje sobrio entró a Scotland Yard y se presentó como Sir Gordon Stanton, abogado de la familia Cover. Me aseguró que me sacaría de allí. Yo, con aire de superioridad, le confirmé que estaba por salir, que todo había sido un malentendido y, en última instancia, un "problema de faldas." Sir Gordon levantó los hombros y, tan rápido como llegó, se fue.

El analista observa al loco, que sigue relatando con una calma casi imperturbable cómo había sorteado cada obstáculo con la misma facilidad con la que había manipulado su entorno.

Loco: —Finalmente, el inspector general me pidió que no saliera de Londres, pero me dijo que, por el momento y dadas las circunstancias, era libre de irme. Así que me marché, doctor. Y al regresar a mi departamento, allí estaba el chico Garland, esperándome con una caja de zapatos. Me la entregó, y al abrirla, vi que estaba llena de billetes de todas las denominaciones. Me confirmó que había cobrado todo.

Analista: —¿Y qué hizo?

Loco: —Nos sentamos juntos en la mesa vacía del departamento y comenzamos a contar, billete por billete. —El loco hace una pausa y sonríe levemente—. En ese momento, doctor, sentí que había ganado una partida importante, tal vez la más importante de todas.

El analista observa la calma del loco y percibe que, para él, contar ese dinero no era solo una verificación de su éxito; era una forma de saborear cada paso de una estrategia que había salido exactamente como la había planeado. El dinero en la caja de zapatos, lejos de ser solo un recurso material, era un símbolo tangible de su habilidad para manipular, engañar y burlar a cualquiera, desde sus socios hasta la propia policía. Cada billete representaba una pieza en el complejo rompecabezas de engaños y manipulaciones que había construido, y el hecho de que el sistema no pudiera encontrar un delito real reforzaba, en su mente, su maestría absoluta sobre la situación.

El relato del loco sobre cómo escapó de Scotland Yard, gracias a la intervención de Standish y del abogado Sir Gordon, muestra cómo había planeado su salida con la misma precisión que el resto de su estrategia. El destino, según él, parecía estar de su lado, convirtiendo cada revés en una oportunidad para reafirmar su control y su astucia. La disposición de Garland para recaudar los fondos y la rapidez con la que reunió el dinero demuestran que el loco, incluso en momentos de aparente debilidad, tenía el control absoluto de cada aspecto de su vida.

La caja de zapatos llena de dinero simboliza la culminación de su éxito en el juego de las apariencias y las manipulaciones. Contar el dinero en su mesa vacía refuerza el sentido de victoria y control que había logrado construir en su entorno, y representa no solo la concreción de sus planes, sino una prueba tangible de su habilidad para doblegar incluso al sistema de justicia a su voluntad. En el mundo del loco, la falta de pruebas suficientes no solo lo absuelve, sino que reafirma su creencia de que, por encima de las reglas y las leyes, se encuentra su propia inteligencia y habilidad para manipular la realidad a su conveniencia.

El loco, con su tono siempre calculado, continúa detallando los acontecimientos posteriores a su liberación y la relación que había forjado con Garland.

Analista: —¿Y qué hizo entonces, con el dinero y ese chico? —pregunta el analista, con una mezcla de intriga y ansiedad por conocer el desenlace.

Loco: —Como es natural, doctor, decidí celebrar. Salimos a comprar algo de comer y brindamos con un par de copas, nada realmente fuerte. Comencé a llamarlo "señor Garland," y él, con esa espontaneidad de los jóvenes, me nombró "Lord." Un título inmerecido, claro, pero que gustosamente acepté de mi nuevo asociado. Uno nunca sabe, doctor; ese joven desgarbado quizás podría terminar siendo Rey de Inglaterra... con mi guía.

El loco sonríe, como si realmente creyera en su habilidad para moldear el destino de Garland. Continúa su relato con una calma que contrasta con la urgencia del analista por saber más.

Loco: —Luego, decidí llevarlo a la sastrería Stanford, a un par de cuadras de mi departamento. Pedí al sastre que me mostrara sus mejores camisas, aunque, desafortunadamente, ninguna era italiana ni hecha a mano. Pero eran presentables, y en mi carácter de administrador de los bienes de la familia Kendall, compré una para mí y otra para el señor Garland. Aún más, doctor: encontramos dos trajes que eran exactamente nuestra talla, uno gris y otro café. Me di el lujo de adquirir también un sombrero de copa para mí y una bonita corbata para el señor Garland. No era de seda, pero se veía bien.

Analista: —¿Y qué más hicieron?

Loco: —Nos vestimos de inmediato con nuestras nuevas prendas. Aunque el Rolls aún no me había sido devuelto, le pedí a nuestro chofer, Jason Miller, que contactara a mi amigo para alquilar el auto más lujoso que tuviera disponible. Media hora después, el vehículo estaba listo. Nos dirigimos entonces a la residencia Cover.

El loco hace una pausa, y el analista lo observa, notando cómo cada detalle de la visita había sido cuidadosamente planeado para mantener su imagen de prestigio.

Loco: —Al llegar, el mayordomo me anunció, y fuimos recibidos en una pequeña reunión donde los socios de la compañía se mostraban entusiasmados. Según entendí, el señor Kendall había explicado que la demanda de la señorita Stephany McBride contra mí era solo un "tema profesional" y que Scotland Yard no había encontrado nada relevante. Así que, doctor, al verme entrar, la algarabía fue mayor. El señor Cover, con una enorme sonrisa, me tomó del brazo y me susurró: "Nicole y su socio han salido, pero creo que esta noche haremos un anuncio importante."

Analista: —¿Y usted?

Loco: —Al escuchar esas palabras, decidí tomar precauciones. Le pedí al señor Garland que fuera con el chofer a un almacén y comprara 24 botellas de champaña francesa. Confié en que todo sería cuestión de esperar, doctor. En mi mente, la situación estaba completamente controlada.

El analista observa al loco, fascinado por la calma y el control que transmite, incluso en situaciones que para otros serían caóticas. La relación con Garland y los preparativos para la reunión en la residencia Cover no eran solo detalles menores; eran parte de la estrategia del loco para solidificar su posición y proyectar una imagen de confianza y prestigio. Cada decisión, desde el traje hasta la champaña, estaba orientada a afianzar su posición, manteniendo la ilusión de éxito y control absoluto.

La relación que el loco describe con Garland revela su habilidad para identificar aliados inesperados y moldearlos en función de sus propios intereses. Al llamar a Garland "señor" y aceptar el título de "Lord" de su parte, el loco crea una dinámica de lealtad que refuerza su control sobre el joven, manteniéndolo como un asociado dispuesto a seguir sus indicaciones.

La visita a la residencia Cover, precedida por el esmero en su apariencia y el encargo de las botellas de champaña, demuestra cómo el loco no deja nada al azar cuando se trata de su imagen y su influencia. La disposición de los socios y el respaldo de Cover aseguran que la posición del loco sigue sólida, sin importar la denuncia de McBride ni las investigaciones de Scotland Yard. Cada gesto y detalle, desde la sastrería hasta el auto de lujo, refleja su obsesión por el prestigio y el control, una fórmula que para él es sinónimo de éxito en un mundo de apariencias y poder.

El loco continúa su relato, con un tono que mezcla incredulidad y desesperación, mientras el analista lo observa en silencio, captando cada emoción.

Loco: —Minutos después, doctor, la enorme puerta de la residencia Cover se abrió y apareció la señorita Nicole, sola, deshecha en un llanto incontrolable. Al verla, sentí que mi mundo se desvanecía. Corrí hacia ella, desesperado. En mi mente, aparecían imágenes confusas: pensé en un lobo, en una comadreja... sacudí la cabeza como un cazador que busca a los patos en el horizonte. Pero no pude ver a Kendall.

Analista: —¿Y qué hizo entonces?

Loco: —Tomé suavemente el rostro de Nicole entre mis manos y le susurré: "¿Qué ha pasado, dónde está Kendall?" Ella me miró con sus ojos color avellana, llenos de lágrimas, y me dijo, "¡Está muerto!"

El analista escucha atentamente, viendo cómo el loco se sumerge en el recuerdo de aquel momento desgarrador.

Loco: —No pude comprender, doctor. Sentí que el aire se me iba, y sin darme cuenta me doblé, tomando mis rodillas con las manos. Fue como si un martillo me hubiera golpeado en el pecho. Balbuceé: "¿Cómo? ¿Qué ha ocurrido?" En mi mente, pensé en un accidente... quizás un rayo, o el disparo de un cazador accidental.

Hace una pausa y continúa, como si el recuerdo lo estremeciera.

Loco: —Y entonces, entre sollozos, ella confesó: "He sido yo." En ese momento, doctor, me pareció imposible. ¿Cómo una criatura tan hermosa podría cometer una atrocidad así? "No entiendo..." murmuré, mientras su padre la abrazaba y ella lloraba desconsoladamente.

Analista: —¿Qué le dijo ella?

Loco: —Con voz rota, Nicole dijo: "Solo era un juego... una broma de mal gusto." Vestida como un hada en un cuento, doctor, me explicó entre lágrimas: "Le dije que al principio pensaba que era un mecánico, alguien torpe, bruto, hermosamente estúpido." Y, al escuchar esas palabras, Kendall corrió, se lanzó del puente de la cañada vieja y se golpeó la cabeza.

El loco se queda en silencio, como si aún no pudiera asimilarlo del todo. Luego continúa, con un tono sombrío.

Loco: —Sin dudarlo, salí de la residencia, acompañado por algunos hombres que llevaban antorchas. Nicole gritaba a lo lejos: "¡Está muerto, muerto!"

El analista lo observa en silencio, percibiendo la mezcla de dolor y confusión en el loco. Para él, la confesión de Nicole y la trágica muerte de Kendall representan una ruptura en su mundo cuidadosamente construido, una tragedia que desmorona los cimientos de su estrategia y sus manipulaciones. En sus manos tenía el éxito y la aceptación de la élite, pero la muerte de Kendall parece haber arrancado de golpe esa victoria, sumiéndolo en una realidad en la que su control sobre los acontecimientos se desmorona.

La confesión de Nicole y el suicidio de Kendall revelan la fragilidad de la realidad construida por el loco, donde sus manipulaciones y apariencias resultaron ser insuficientes para enfrentar la imprevisibilidad de las emociones humanas. La reacción de Nicole, quien sin querer provocó la tragedia, muestra cómo incluso en un entorno controlado por el loco, las personas actúan de acuerdo con sus propios impulsos, más allá de las narrativas que él impone.

Para el loco, la muerte de Kendall es más que una pérdida personal o un revés en su plan; representa la evidencia de que, por más que intente moldear a las personas y manipular las situaciones, existen aspectos de la naturaleza humana que él no puede controlar. Este momento, marcado por la impotencia y el desconcierto, simboliza el límite de su poder y la ruptura de la ilusión de invulnerabilidad que había mantenido hasta entonces.

El loco, con un tono entre irónico y sombrío, continúa su relato, detallando los momentos posteriores a la muerte de Kendall.

Loco: —Cuando llegué a la cañada vieja, vi su cuerpo ensangrentado, y supe, doctor, que Nicole Cover tenía razón. Su desprecio lo había destruido. El médico de la familia, Sir Alex Vitton, confirmó la noticia. La policía fue llamada de inmediato, pero el señor Cover no iba a permitir que se llevaran a su hija, y yo... bueno, yo había perdido a mi socia, Stephany McBride, y ahora al señor Kendall.

Hace una pausa, como si aún estuviera procesando lo inevitable de aquella decisión.

Loco: —Respiré hondo y coincidimos en que lo denunciaríamos como un accidente. Las personas, después de todo, tropiezan, caen, se golpean la cabeza... y mueren. Así lo presentamos ante la policía: un simple accidente. Doctor, yo no habría matado al señor Kendall.

El analista escucha con atención, y el loco, en un tono casi irónico, añade:

Loco: —Ironías de la vida, hoy soy administrador del grupo Cover-Kendall Oil and Mining. El campo petrolero en esos 47,500 acres es tan real como usted y yo. Y, en cuanto al señor Garland... ahora es especialista en petróleo y gas, se ha convertido en un hombre de negocios respetable.

Analista: —¿Y el caso? ¿Quedó cerrado?

Loco: —No del todo, doctor. El fiscal reabrió el caso, considerando que no había suficiente evidencia para concluir que la muerte de Kendall fue un accidente. Pero, si me permite un consejo, si va a rellenar el formulario del informe... —el loco lo mira fijamente—, le sugeriría escribir que lo mató: simplemente el desprecio.

El analista observa al loco, impactado por la franqueza de esa última frase. Para el loco, la muerte de Kendall no fue el resultado de un simple accidente, sino la consecuencia de algo mucho más oscuro y profundo: el poder devastador del desprecio. En su mente, el desprecio de Nicole hacia Kendall no solo lo llevó a la desesperación, sino que lo empujó al borde de la muerte. Para el loco, esa es la verdadera causa, la que permanecerá invisible en cualquier informe oficial, pero que él entiende como el verdadero motivo de la tragedia.

El relato del loco sobre la resolución del caso Kendall revela su percepción de la tragedia como una consecuencia inevitable del desprecio. La forma en que él y Cover acordaron presentar la muerte como un accidente muestra un intento de proteger la imagen y los intereses de los involucrados, aunque el loco parece aceptar con cierto cinismo la falsedad de esa historia. La ironía de su ascenso como administrador del grupo Cover-Kendall y el éxito del joven Garland refuerzan su convicción de que, en última instancia, el desprecio es la fuerza oculta detrás de todo: no solo puede destruir vidas, sino también reorganizar el poder y las relaciones en torno a aquellos que lo ejercen.

La recomendación final del loco de anotar el "absoluto del desprecio" como causa de muerte es su forma de señalar el poder insidioso que, a su entender, puede afectar a las personas de forma más profunda que cualquier golpe físico. En este sentido, el desprecio no solo representa una emoción o actitud, sino un arma capaz de provocar cambios irreparables en la vida de las personas, sin importar su posición o su inteligencia.

FIN